想象另一种可能

理
想
国

imaginist

仙症

郑执 著

北京日报出版社

目 录

再版序

这本小说集是再版。同名短篇《仙症》完稿于二〇一八年五月，最后的中篇《森中有林》完稿于二〇二〇年七月，小说集也于同年出版。一晃神，四年就过去了，四年间，我没交出任何自己能看得过眼的新作，懊恼、焦躁、低落了很久，唯独没有借口，因为这几年我把大部分时间丢进了影视剧本的坑里，起初是谋生所需加上兴趣使然，跨行写起剧本，不承想这一跨步子扯大了，给时间都扯碎了，心疼，但也不能说没有收获，本次再版最大的变动，是对《森中有林》一篇的扩写，多出近万字的一个全新章节，动机与灵感来源于在改编同名电影剧本的过程中，逐渐发觉这个故事理应讲得更完整，终将此前一直隐隐觉得“缺了点什么”的那部分给圆了，大言不惭地讲，它已经是一篇全新的小说了。

我有个爱放狠话的毛病，大多时候是对自己。《森中有林》的电影剧本完成后，我放话，告别剧本写作，本意是再也不想单纯以编剧的身份为任何一个项目或任何人写剧本了。因为实在太累了，熬人，关键是费口舌，不光得写明白，还得讲明白，听不听得明白，又取决于对方。幸好，这几年写的剧本，陆续拍完上映了，有种清债赎身的解脱感。最近一部上映的编剧作品，正是由本书同名短篇《仙症》改编的电影《刺猬》，是我写剧本这几年里，自己相对最满意的作品，也算是最后一个阶段性交代。

今年六月，《刺猬》在上海国际电影节放了首映，我跟着剧组主创一起跑了影厅，虽然不是第一次参与电影宣传了，但这次面对观众，竟少有的紧张，而我缓解紧张的方式，是拉身边的人不停地说话，刚认识的，不认识的，逮谁跟谁唠，也不管人家爱不爱跟我唠，我总是不停地找话题。那天上台前，一行人挤在狭窄的入场通道里，我实在想说话了，突然间就想起一件趣事，打开手机相册，翻出了五月二十四日晚六点拍摄的一张照片，照片里是一只右后腿受重伤的刺猬，皮肉分离，白骨外露，奄奄一息地蜷缩在矮树丛边。地点在北京我住的小区。我拉住身旁的安保大哥，亮出照片说，上个月，我救了只刺猬，把它送去了宠物医院，一位值夜班的异宠大夫，对它进行了及时救治，消毒、包扎、喂药，最后大夫还以很神秘的口吻对我说，你在助它渡劫，后来又补充一句，它就快成了，建议我哪儿来的给送回哪儿去。我毕恭毕敬地作了个揖，冲大夫也冲刺猬，一路捧着这位“准仙”回家，将其安顿回被发现的树丛，叨咕两句后作别。神不神？

我讲完了。大哥说，嗯。我说，这是真事。大哥说，嗯。我说，这个电影就叫《刺猬》，小说里的主人公，开篇第一段就是救刺猬。大哥说，嗯——后门！堵住！有人混进来！——他一身黑西装，摁住耳麦说话的严肃面孔，像特工。然后我就在慌乱中被特工给推上台了，然后现场观众反响不错，然后我就放松多了，然后我就开始反思，刚刚我确实很不合时宜，影响人家大哥工作了。

我总是干一些不合时宜的事。旧版的后记中，“于现实中，我总是坦然地随波逐流，从不迟疑”这种话，实属漂亮话，“装”了，根本做不到。真真正正的现实中，我永远都在迟疑，干不合时宜的事，我控制不住自己，多说话，好激动，常得罪人，永远跟尽人皆知的最正确、稳妥、安全的生存路径之间隔有一道难以弥合的嫌隙。人到中年，不是没想过改，发现改不了了。我庆幸，写作大概是最能允许“不合时宜”的人存息的职业。如果真有命运这回事，我该真心感激它，将我塞给了写作。回敬的最好方式，当然是继续写，咬着牙写，好时候，坏时候，都要写。这两年接受采访，总会被问到，更喜欢写小说还是写剧本，面对镜头，当然也说漂亮话，这个好，那个也好，一碗水端平，然而，这是我的书，自己的一亩三分地，要说真话，答案很简单——当然是，写小说。写小说是最幸福的事了。

新书仍在写，会继续努力。无论新老读者，这本再版，又让各位破费了。特此拜谢。

2024 年 8 月 18 日 北京

仙症

一

倒数第二次见到王战团，他正在指挥一只刺猬过马路。时间应该是二〇〇〇年的夏天，也可能是二〇〇一年。地点我敢咬定，就在二经街、三经街和十一纬路拼成的人字街的街心。刺猬通体裹着灰白色短毛，幼小的四肢被一段新铺的柏油路边缘粘住。王战团居高临下立在它面前，不踢也不赶，只用两腿封堵住柏油路段，右臂挥舞起协勤的小黄旗，左臂在半空中打出前进手势，口衔一枚钢哨，朝反方向拼命地吹。刺猬的身高瞄不见他的手势，却似在片晌间会意那声哨语，猛地调转它尖细的头，一口气从街心奔向街的东侧，跃上路牙，遁入矮灌丛中。王战团跟拥堵的街心被它甩在烈日下。

我从出租车上下来时，哨声已被鸣笛淹没，王战团的腮帮子却仍鼓着。两个老妇人前后脚扑上前，几乎同时扯住了王战团的后脖领子，抢哨子跟旗的是女协勤，抢人那个，是我大姑。有人报了警，大姑在民警赶来前，把她的丈夫押回了家。

王战团是我大姑父。

目睹这一幕那年，我刚上初一，或者已经上初二。跟妻子 Jade 订婚当晚，我于席间向她一家人讲起这件事，Jade 帮我同声传译成法语，坐在她对面的法国继母 Eva 几次露出的讶异表情都迟于她父亲。Jade 的父亲就是中国人，跟我还是沈阳老乡，二十多岁在老家离了婚，带着两岁的 Jade 来到法国打工留学，不久后便结识了 Eva 再婚。Jade 后来再也没见过她的生母，中文是父亲逼她学的，怕她忘本。那夜的晚餐在尼斯海边一家法餐厅，微风怡人。至于我跟 Jade 的相识，发生在我做背包客时偶然钻进的一家酒吧里，就在尼斯。当时她跟两个女友已经醉得没了人形，我见她是中国人样貌，主动上前搭讪，想不到她操起东北口音的中文跟我攀谈，惊觉彼此竟出生在同一座城市，甚至在同一家妇婴医院。我说，这是命，我从小信这个。Jade 说，等下跟我回去，我自己住。三个月后，我们闪婚。

订婚那夜我喝醉了，Jade 挽着我回到酒店。我一头栽进床之际，她突然说，你讲的我不信。我问她为什么，Jade 说，我不信城市里可以见到刺猬。我说，那是因为你两岁就离开沈阳，老家的一切对你都是陌生跟滑稽的，说起来都订婚了你还没见过我父母，我签证到期那天，跟我一起回沈阳吧。Jade 继续说，每年夏天她一家人都会到法国南部的乡下度假，刺猬在法国的乡下都没见过，中国北方的城市里凭什么有，况且还是大街上？我急了，就是有，不光有，我还吃过一只。Jade 似要发疯，你说什么？你吃过刺猬？你一喝醉就口吃，我听不清。你说那种浑身带刺的小动物？我说，对，我吃过，跟王战团一起，我大姑父。刺猬的肉像鸡肉。

二

我降生在一个阴盛阳衰的家族里，我爸是老儿子，上面三个姐姐。上辈人里，外姓人王战团最大，一九四七年生人，而我是孩子辈里最小的，比王战团整整小了四十岁。记忆中第一次能指认出王战团是大姑父，大姑父就是王战团，是在我五岁，幼儿园快毕业那年。一天放学，我爸妈在各自厂里加班加点赶制一台巨型花车的零部件，一个轮胎厂，一个轴承厂。花车要代表全省人民驶向北京天安门参加国庆阅兵。而我奶忙着在家跟邻居几个老太太推牌九，抽旱烟，更不愿倒空儿接我，于是指派了王战团来，当天他本来是去给我奶送刀鱼的。

我迎面叫了一声大姑父，他点点头。王战团高得吓人，牵我手时猫下半截腰，嗓音极浑厚地说，别叫大姑父，叫大名，或者战团，我们政委都这么叫我。我说，直呼长辈姓名不礼貌，我妈说的。王战团说，礼貌是给俗人讲的，跟我免了。他又追了一句，王战团就是王战团，我娶了你大姑，不妨碍我还是我，我不是谁的大姑父。我问，你不上班啊？我爸妈都上班呢，我妈说我奶打麻将也等于上班。王战团笑笑，没牵我的那只手点燃一根烟，吸着说，我当兵，放探亲假呢。我说，啊，你当什么兵？王战团说，潜艇兵，海军。你舌头怎么不太利索？

一路上，王战团不停给我讲着他开潜艇时遇见过的奇特深海生物，有好几种大鱼，我都没记住，只记得一个名字带鱼但不是鱼的，××大章鱼，多大呢？比潜水艇还大。王战团说，那次，水下三千八百多米，那只大章鱼展开八只触手，牢牢吸附住他的潜水艇，艇整个立了起来，跟冰棍儿似的，舱内的一切都被掀翻了，兵一个摞一个地滚进前舱，你说可不可怕？我说，不信。王战团说，有本小说叫《海底两万里》，跟里面讲得一模一样，以前我也不信，书我回家找找，下次带给你。法国人写的，叫凡尔赛。我说，你咋不开炮呢。王战团一包烟抽光了，说，潜艇装备的是核武器，开炮，太平洋里的鱼都得死，人也活不成。我说，不信。

当晚回到我奶家的平房，天已经黑了。旱烟的土臭味飘荡整屋，我饱着肚子想吐。眼瞅快八点了，我放学时间是四点半。我妈已经下班回来，见我跟王战团进门，上前一把将我夺过，说，大姐夫，三个多点儿，你带我儿子上北京了？王战团还笑，说，就青年大街到八纬路兜了五圈儿，咱俩一人吃了碗抻面。我妈说，啥毛病啊，不怕把孩子整丢？王战团说，哪能呢，手拽得贼紧。我奶正在数钱，看精神面貌没少赢，对王战团说，赶紧回家吃饭去，我不伺候。王战团背手在客厅里晃悠一圈儿，溜出门前回头说，妈，刚才说了，我吃了碗抻面，刀鱼别忘冻冰箱。他前脚走，后脚我妈嚷嚷我奶，妈，你派一个疯子接我儿子，想要我命？我奶说，不疯了，好人儿一个，大夫说的。

后来我才得知，我妈叫王战团疯子，就是字面意义上的，精神病。王战团是个精神病人。他当过兵不假，海军，那都是他三十岁前的事了，病就是在部队里发的，组织只好安排他复员，进第一飞机制造厂当电焊工，在厂里又发一次病，厂长不好开除，又怕瘆着同事，就放他长假养病，一养就是十五年，工资照发，厂长都死了也没断。十五年后，我大姑才第一次领王战团正经看了一次大夫，大夫说，可治可不治，不过家人得多照顾情绪，轻重这病都去不了根儿。

大年初二是家族每年固定的聚餐日，因为年三十当晚三个姑姑都要跟婆家过，剩我跟爸妈陪我奶。在我的印象中，初二饭桌上，连孩子说话都得多留意，少惹乎王战团，话头越少越安全。我爸订饭店，专找包房能唱歌的，因为王战团爱唱歌，攥着麦克不放，出去上厕所也揣兜里，生怕被人抢。唱起歌时的王战团爱高兴，对大家都妥当。王战团天生好嗓，主攻中高音，最拿手的是杨洪基跟蒋大为。除了唱歌，他还爱喝酒，爱写诗，象棋下得尤其好。他写的诗我看过，看不懂，每首都有海。喝酒更能耐，没另两个姑父加我爸劝，根本不下桌。每年喝到最后，我爸都会以同一句压轴儿，还叫啥主食不？饺子？一家老小摇头，唯独王战团接茬儿，饺子来一盘也可以，三鲜的。说完自己握杯底磕下桌沿儿，意思跟自己碰过了，其他人随意。我爸假装叫服务员再拿菜单来的空当，大姑就趁机扣住王战团杯口说，就你缺眼力见儿，别喝了。此瞬间，王战团的眼神会突变，扭脸盯着大姑，眼底涌出暗黄色，嗓门压低了说，没到位呢，差一口。每当这一幕出现，一家老小都会老老实实地作陪，等他把最后一口酒给喇完。

反而是在大年夜，我奶跟我爸妈说起最多的就是王战团。我奶说，秀玲为啥就不能跟他离婚？法律不让？我妈说，法是法，情是情，毕竟还有俩孩子，说离就离啊。王战团首次在部队里发病的故事，每年三十我都听一遍。他十九岁当兵，躲掉了下乡，但没躲掉运动。运动闹到中间那两年，部队里分成了两派，船长跟政委各自一队，王战团不愿站队，谁也不愿得罪，双方也都了解王战团的个性，胆小，老实，艮，开大会上发言也默许他和稀泥，但偏偏他业务最强，学问也多，又都想拉拢，就是闹不懂他心思到底想些啥，祸根也就埋在这。某天半夜，在船舱六人宿舍里，王战团梦话说得震天响，男高音中气十足，先是大骂船长两面三刀，后是讽刺政委阴险小人，语意连贯，字字珠玑，最终以口头奸污了俩人的妈收尾。宿舍里其他五人瞪眼围观他骂到天亮，包括船长跟政委本人。第二天，整船停训，两派休战，联手开展针对王战团一个人的批斗大会。船长说，战团啊战团，想不到你是个表里不一的反革命分子，而且是深藏在我军内部的大叛徒，亏你父亲还是老革命，百团大战立过功，你对得起他吗？你对得起自己的名字吗？政委就是政委，言简意赅，王战团，你等着接受大海浩瀚无边的审判吧。

王战团被锁在一间狭短的储物仓里关禁闭，只有一块圆窗，望出去，太平洋如同瓮底的一摊积水。没有床，他只能坐在铁皮板上，三天三夜没合眼。有战友偷偷给他供烟，他就抽了三天三宿的烟，放出来的时候，眼球一圈儿血丝都是烟叶色。再次站上批斗台，王战团对着麦克哑了半天，手里没拿检讨稿，反复念叨一句，不应该啊，不应该。顿了下又说，我从来不说梦话，更不说脏话。台下的政委跳起身指着他说，哪有人说梦话自己会知道的！王战团对着麦克清了清嗓子继续，我结婚了，有老婆，要是我说梦话，秀玲应该跟我说啊，算了，我给大家唱首歌吧。

三

我大姑去旅顺港接王战团的时候，挺着六个月的大肚子。王战团当兵的第四年跟我大姑经媒人介绍结婚，婚后仍旧每半年回家一次。当他再次见到大姑的第一句话就问，秀玲啊，我说梦话吗？大姑不语，锁紧王战团的胳膊，按着脖领子并排给政委鞠躬。政委说，真不赖组织。大姑说，明白，赖他自个儿心眼儿小。政委说，回家也不能放弃自我检讨，信念还是要有。大姑说，收到。政委说，安胎第一。大姑说，谢谢领导。

两个人的大儿子，我大哥王海洋三岁时，王战团在一飞厂险些当选小组长。他的病被厂长隐瞒了。那场运动的最后，政委被船长扳倒，失意之际竟第一个念起王战团，想起他病退回到沈阳两年多，工作的事还没着落，于是找到已经是一飞厂厂长的老战友，给王战团安排工作，特意嘱咐多关照。政委说，毕竟不是真的坏同志。失足了。

王战团与小组长失之交臂的那天，正在焊战斗机翼，上阵忘戴面罩，火星呲进眼睛，从梯子上翻落，醒过来时就不认人了，嘴里又开始叨咕，不应该啊，不应该啊。再看人的时候目光就不会拐弯了，好像有谁牵线拎他那副眼珠。我大姑去厂里接他的时候又是大着肚子，怀的是我大姐。

在我出生前的十五年里，王战团的病情偶有反复。大部分时间里，他每天在家附近闲逛，用我大姑上班前按日配给的零花钱买两瓶啤酒喝，最多再够买包鱼皮豆。中午回家热剩饭吃，晚饭再等我大姑下班。王海洋没上幼儿园以前，白天都扔给我奶。王战团的父母过世早，没得指望了。我奶的言传身教导致王海洋自幼懂看牌九，长大后玩麻将也是十赌九赢。后来他早早被送去托儿所，王海鸥又出生，白天还得我奶带着，偶尔有二姑三姑替手。我奶最不亲孩子，所以总是骂王战团，骂他的病。夏天，王战团花样能多一些，有时会窝进哪片阴凉下看书，状态好的时候，甚至能跟邻居下几盘棋。王战团也算有个绝活儿，就是一边看书一边跟人下棋。那场面我见过一次，就在我奶家回迁的新楼楼下，他双手捧一本《资治通鉴》，天热把拖鞋甩了，右脚丫子撂棋盘上，拿大拇脚趾头推子，隔两分钟乜一眼全局，继续看书，书翻完，连赢七盘，气得人老头儿给棋盘掀了，破口大骂，全你妈臭脚丫子味儿。王战团不生气，穿好拖鞋，自言自语说，应该吗？不应该。

我问过大姑，当初为什么没早带王战团去看大夫。大姑说，看了就是真有病，不看就不一定有病，是个道理。道理我懂，其实大姑只是嘴上不愿承认，她不是没请过人给王战团看病，一个女的，铁岭人，跟她岁数差不多，外人都叫赵老师。直到多年后赵老师给我看事儿时，我才听说过出马仙的名号，家里开堂口，身上有东西，能走阴过阳。

赵老师第一次给王战团看事儿，缘起我大姐满月当天。日子尚没出正月，大姑在我奶家平房里简单张罗了一桌，都是家里人，菜是三个姑姑合伙炒的，我爸那年十六，打打下手。王战团当天特别兴奋，女儿被他捧在怀里摇了整下午，到晚上第二顿，二姑三姑都走了，王战团说想吃饺子。我奶说，不伺候。大姑问，想吃啥馅儿。王战团说，猪肉大葱。大姑说，猪肉有，咱妈从来不囤葱。我爸说，我去跟邻居要两根儿。王战团抢先起身，说，我去，我去。

大姑站着和面时，小腿肚子一直转筋。王海洋说，妈，房顶有响儿，是野猫不？大姑放下擀面杖说，我得看看，两根葱要了半个点儿，现种都长成了。刚拉开门，我奶的一个牌搭子老太正站在门外嚷，赶紧出来看吧，你家王战团上房揭瓦了。一家老小跑出门口，回首一瞧，自家屋顶在寒冬的月光下映出一晕翡翠色，那是整片排列有序的葱瓦，一层覆一层。王战团站在棱顶中央，两臂平展开来，左右各套着腰粗的葱捆。葱尾由绿渐黄的叶尖纷纷向地面耷拉着，似极了丰盛错落的羽毛。王战团双腿一高一低的站姿仿若要起飞，两眼放光，冲屋檐下喊，妈，葱够不？我奶回喊，你给我下来！王战团又喊，秀玲，女儿的名字我想好了，叫海鸥，王海鸥。大姑回喊，行，海鸥就海鸥了，你给我下来！王战团造型稳如泰山。十几户门口大葱被掠光的邻居们，都已聚集到我奶家门口，有人附声道，海洋他爹，海鸥他爹啊，你快下来，瓦脆，别跌了。我爸这边已经开始架梯子，要上去迎他。王战团突然说，都别眨眼，我飞一个。只见他踏在前那条腿先发力，后腿跟上，脚下腾起瓦片间的积灰与瘪绿的葱屑，瞬间移身至房檐边缘，胸腹一收力，人拔根跃起，在距离地面三米来高的空中，猛力扑扇几下葱翅，卷起一阵泥草味的青风，迷了平地上所有人的眼。当众人再度睁开眼时，发现王战团并非一条直线落在他们面前，而是一条弧线降在了他们身后。我爸挂在梯子上，抬头来回地找寻刚刚那道不可能存在的弧线，嘟囔说，不应该啊。

这场复发太突然，没人刺激他，王战团是被章丘大葱刺激的。我奶再次跟大姑提出，将王战团送去精神病院，大姑想都不想拒绝。我三姑说，大姐，我给你找个人，我插队时候认识的，绝对好使。大姑问，多钱？三姑说，当人面千万别提钱，犯忌。大姑说，知道了，先备两百，不够再跟妈借，你说这人哪个单位的？三姑说，没单位，周围看事儿。

赵老师被我三姑从铁岭接来那天，直接到的我奶家。我奶怀里抱着海鸥。我爸身为独子，掌事儿，得在。再就是我三个姑姑，以及王战团本人，他不知道当天要迎接谁。赵老师一走进屋，一句招呼都没打，直奔王战团跟前，自己拉了把凳子脸贴脸地坐下，盯着他看了半天，还是不说话。三姑在背后对大姑悄声说，神不，不用问就知道看谁的。那边王战团也不惊慌，脸又贴近一步，反而先开口说，你两只眼睛不一般大。赵老师说，没病。大姑说，太好了。赵老师又说，但有东西。我奶问，谁有东西？赵老师说，他身上跟着东西。三姑问，啥东西？赵老师说，冤亲债主。二姑问，谁啊？赵老师不再答了，继续盯着王战团，你杀过人吧？我爸坐不住了，扯啥犊子呢，我大姐夫当兵的，又不是土匪。赵老师说，别人闭嘴，我问他呢，杀没杀过人？王战团说，杀过猪，鸡也杀过，出海几年天天杀鱼。赵老师说，老实点儿。王战团说，你左眼比右眼大。赵老师说，你别说了，让你身上那个出来说。王战团突然不说话了，一个字再没有。我爸不耐烦了，到底有病没病？赵老师突然收紧双拳，指骨节顶住太阳穴紧揉，不对，磁场不对，脑瓜子疼。三姑说，影响赵老师发挥了。大姑问，那咋整？赵老师说，那东西今天没跟来，在你家呢。大姑说，那去我家啊？赵老师忍痛点头，又指着我爸说，男的不能在，你别跟着。王战团这时突然又开口了，说，海洋在家呢，也是男的。赵老师起身，说，小孩不算。

大姑家住得离我奶家最近，隔三条街。一男四女溜溜达达，王战团走在最前面引路。到了大姑家，王海洋正在堆积木，被二姑拉到套间的里屋，关上门。赵老师一屁股坐进外屋的沙发，王战团主动坐到身边，说，欢迎。赵老师瞄着墙的东北角，说，就在那儿呢。三姑问，哪儿呢？谁啊？赵老师说，你当然瞧不见，这屋就我跟他能见着。赵老师对身边的王战团说，女的，二十来岁，挺苗条的，没错吧？王战团又开始不说话了。赵老师对我大姑说，好好问问你老头儿吧，他手上有人命，现在人家赖上他不走了，你俩进屋研究，研究明白再出来跟我说，我就坐这等着，先跟债主唠唠。

大姑领王战团进里屋，关紧了门。二姑跟三姑在外面，大气不敢喘，站在那看赵老师对墙角说话，声调忽高忽低。你走不走？知道我是谁不？两条道给你选，不走，我有招儿治你，想走就说条件，我让他家尽量满足。二姑三姑冷汗一身身地出。也不知过了多久，里屋的门开了，大姑自己走出来。赵老师问，唠明白没？大姑说，唠明白了。赵老师说，有人命吧？大姑说，不是他杀的，间接的。赵老师，对上了吧。大姑说，都对上了。三姑对二姑说，还是厉害。赵老师说，讲吧，咋回事儿。大姑坐到赵老师身边，喝了口茶水，他跟我结婚以前处过一个对象，知识分子家庭，俩人订下婚约，他就当兵去了。六七年，女方她爸被斗死了，她妈翻墙沿着铁路逃跑，夜黑没看清火车，人给轧成两截了。赵老师说，债主还不止一个，我说脑瓜子这疼呢。大姑继续说，那女的后来投靠了农村亲戚，再跟战团就联系不上了，过了几年，不知道托谁又找到战团，直接去军港堵的，当时我俩已经结婚了，那女的又回去农村，嫁了个杀猪的，天天打她，没半年跳井自杀了。大姑又喝了一口茶水，二姑跟三姑解汗缺水，也轮着递茶缸子。赵老师问，哪年的事儿？大姑说，他发病前半年。赵老师说，这就对了，你老头儿没撒谎？大姑说，他不会撒谎。赵老师说，一家三口凑齐了，不好办啊，主要还是那女的。大姑说，还是能办吧？赵老师说，那女的姓名，八字，有吗？大姑说，能问，他肯定记着。赵老师说，照片有吗？大姑点头，起身进屋，门敞着，王战团正坐在床边，给王海洋读书，《海底两万里》，大姑把书从他手中抽起，来回翻甩，一张二寸黑白照飘落地上，大姑捡起照片，走出来递给赵老师看。赵老师说，就是她。三姑问，能办了吗？赵老师说，冤有头债有主，主家找对就能办。大姑吁一口气，转头看里屋，王战团从地上捡起那本《海底两万里》，吹了吹灰，继续给王海洋读，声情并茂，两只大手翻在面前，十指蜷缩，应该是在扮演章鱼。

四

赵老师第二次到大姑家，带来两块牌位，一高一矮。矮的那块，刻的是那位女债主的名字，姓陈。高的那块，名头很长：龙首山二柳洞白家三爷。赵老师指挥大姑重新布置了整面东墙，翘头案贴墙垫高，中间摆香炉，两侧立牌位，左右对称。赵老师说，每日早晚敬香，一牌一炷，必须他自己来，别人不能替。牌位立好后，赵老师做了一场法事，套间里外撒尽五斤香灰，房子的西南角钻了一个细长的洞，拇指粗，直接通到楼体外。全套共花费三百块，其中一百是我奶出的。那两块牌位我亲眼见过，香的味道也很好闻，没牌了，寺庙外的香烛堂买不着，只能赵老师定期从铁岭寄，五块一盒。那天傍晚，赵老师赶车回铁岭前，对大姑说，有咱家白三爷压她一头，你就把心揣肚里吧。记住，那个洞千万别堵了，没事多掏掏，三爷来去都打那儿过。全程王战团都很配合，垫桌子，撒香灰，钻墙眼儿，都是亲自上手。赵老师临走前，王战团紧握住她的手说，你姓赵，你家咋姓白呢？你是捡的？赵老师把手从王战团的手里抽出，对大姑说，要等全好得有耐心，七七四十九天。

王战团遵嘱敬香的头个把月里，病情确有好转，目光也柔和了，一家人多少都宽了心。尽管如此，大人们还是不肯让自家孩子跟王战团多接触，唯独我偶然成例外。一九九八年夏天，我爸妈双双下岗。我爸被另一个下岗的发小儿撺掇，合伙开了家小饭馆，租门脸，跑装修，办营业执照，每天不着家。我妈求着在市委工作的二姑夫帮忙找活儿干，四处登门送礼，于是我整个暑假就被扔在我奶家。王战团平日没事儿最爱往我奶家跑，离得实近。有时他就坐厅里看几个老太太推牌九，那时他被大姑逼着戒烟，忍不了烟味时就拎本书下楼，脚丫子上阵赢老头儿棋。我奶当他隐形人，老头儿视他眼中钉。我跟王战团就是在那个夏天紧密地来往着。有一天，我奶去别人家打牌，王战团进门就递给我本书，《海底两万里》。王战团说，你小时候，我好像答应过。我摩挲着封面纸张，薄如蝉翼。王战团说，写书的叫凡尔纳，不是凡尔赛，我嘴瓢了，凡尔赛是法国皇宫。我问，啥时候还你？王战团说，不用还，送你。我说，电视天线坏了，水浒传重播看不成了。王战团说，能修。我说，你修一个。王战团说，我先教你下棋。我说，我会。王战团随即从屁兜里掏出一副迷你吸磁象棋，记事本大，折叠棋盘，码好子，摊掌说，你先走。我说，让仨子。王战团说，不行。我说，那不下了。王战团说，最多两个。我闷头思索到底是摘掉他一马一车，还是两个炮，再抬头时，王战团正站在电视机前，掰下机顶的V字天线，嘴叼着坏的那根天线头使劲往外咬。我说，这能好？王战团说，就是被灰卡住了，抻顺溜儿就行了。他嘴里叼着天线坐回我对面，一边下棋一边咬，用好的那根天线推棋子。王战团说，去年没咋见到你。我说，我上北京了。王战团说，上北京干啥？我说，治病。

王战团说，捋你那舌头？我说，不下了。王战团再次起身把天线装回电视机顶，按下开关，电视画面历经几秒钟的雪花后，恢复正常。王战团说，修好了。我说，也演完了。王战团说，你看见那根天线没有，越往上越窄，你发现没？我说，咋了？王战团说，一辈子就是顺杆儿往上爬，爬到顶那天，你就是尖儿了。我问他，你爬到哪儿了？王战团说，我卡在节骨眼儿了，全是灰。我不耐烦。王战团说，你得一直往上爬，这一家子，就咱俩最有话说，你没觉出来吗？虽然你说话费劲。

一九九八年的夏天结束，我爸跟发小儿的饭馆开张，生意火得出奇。我妈也有了新工作，在妇联的后勤办公室做临时工，看仓库，虽然没五险一金，仍比以前在厂里挣得多。小家口子似乎舒服起来，我更没理由把夏天里跟王战团交往过密的事告诉他们。同年秋天，我第一次亲眼见证王战团发病。那一回刺激，来自我大姐王海鸥。当时王海鸥处了个男朋友，叫李广源，是她在药房的同事，抓中药的，比她大八岁，离过婚，没孩子，但王海鸥还是大姑娘，之前从没谈过恋爱。李广源二十出头就混舞场，白西裤，尖头黑皮鞋，慢三快四，搂腰掐臀，行云流水，不少大姑娘都被他跳家里去了。王海鸥生得白，高，小脸盘，大眼睛，基本随了王战团。她天生性子闷，别说跳舞，街都不逛，下班就回家，最大的爱好是听广播。我大姑后来要找李广源拼命时怎么都想不到，他的突破口竟然是王战团。起先李广源约过好几次王海鸥跳舞，王海鸥最后拒绝得都腻了，直说，我爸是精神病，都说这病遗传。李广源说，能治。王海鸥问，你说我？李广源说，我说你爸，我给你爸抓几服药，吃半年就好，以前我太奶跟你爸得的一样毛病，那叫癔症，吃了我几服药，多少年都没犯。王海鸥说，我爸在家烧香，拜大仙，仙家不让吃药。李广源说，那是迷信，咱都是受过教育的，药归我管，不用你掏钱。

王海鸥真把李广源开的药偷偷给王战团喝。李广源在药房先熬好，晾凉装袋，王海鸥再拿回家，温好了倒暖壶里，骗我大姑说是保健茶，哄王战团喝了半年。半年里，王海鸥跟李广源好了，李广源真的为她戒了舞，改打太极拳。一天，王海鸥隔着柜台对李广源说，我怀孕了。李广源说，等着，我给你抓服药，补气安胎的，无副作用。王海鸥说，跟我回家见父母吧。李广源说，好，下班我先回家一趟，裤线得熨一下，你爸喝药有反应吗？王海鸥说，一直没犯。李广源说，那就好。

李广源一进家门，我大姑就认出他来，一见俩人手拉手，二话没有，转头进厨房握着菜刀出来，吓得李广源拉起王海鸥掉头跑了。大姑气得瘫在沙发上喘粗气，菜刀还握着。王战团仍在上香，跟白三爷汇报日常，嘴里念着，我的思想问题已经深刻反省过，现在觉悟很高，随时可以登船。大姑说，你跟这拜政委呢？可闭嘴吧。当晚王海洋也在家，他当了公交车司机，谈过一个三年的女朋友，分手后一直要单，住家里。王海洋问，妈，那男的谁啊？大姑说，一个老流氓，你妹废了。王海洋说，他家住哪，我撞死个逼养的。大姑说，你也闭嘴吧，你妹都搭进去了，你不能再搭进去，明天我去药房找他唠唠。

第二天一大早，大姑鼓着气出了家门，包里装着菜刀，可不到中午人就回来了，气也瘪了。王战团问，你咋了？大姑说，是你女儿咋了，怀人家孩子了，晚了。王战团问，怀谁的孩子了？大姑说，昨晚来家里那男的，海鸥药房的同事，叫李广源。王战团说，我去看看。大姑说，老实待着吧你，腿都烂了。那段时间，王战团右腿根儿莫名生出一块恶疮，抹药吃药都不管用，越肿越大，严重到影响走路，多少天没下过楼了。但王战团坚持说，我去，我去。大姑没理他。

第三天傍晚，快下班时，药房迎来了一瘸一拧的王战团。王海鸥不在，李广源主动打招呼，叔来了。王战团说，叫我大名，我叫王战团，海鸥呢？李广源说，请假了，在我家躺着呢，不敢回家。王战团说，我喝的茶你给的？李广源说，是，感觉咋样儿？王战团说，挺苦。李广源说，良药苦口。王战团说，你怕我不？李广源说，为啥要怕？王战团说，他们都怕我。李广源说，我不怕。王战团说，海鸥真怀孕了？李广源说，快四个月了。王战团说，你觉得应该吗？李广源说，应该先见家长，是我不对。王战团说，将来能对海鸥好吗？李广源说，能。王战团说，答应好的事做不到，是会出人命的，这方面我犯过错误。李广源说，我不会。王战团说，打算啥时候结婚？李广源说，父母得同意，我爹妈不管。王战团说，下礼拜，一起吃个饭。李广源说，我安排。王战团转身要走，瘸腿才被李广源看见。李广源说，叔，你腿咋的了？王战团说，大腿根儿生疮，咋治不好，我怀疑还是思想有问题。李广源说，我看过一个方子，刺猬皮肉，专治恶疮，赶明儿我给你弄。

回家一路上，王战团瘸得很得意。来到家楼下，又赢了邻居三盘棋才上楼。大姑问，你上哪去了？王战团说，去找李广源唠唠。大姑说，你还真去？唠啥了？王战团说，唠明白了。大姑说，咋唠的？王战团说，下个月办婚礼。大姑猛地起身，再次手握菜刀从厨房出来，王战团，我他妈杀了你！

那场聚餐，李广源没订饭店，安排在了青年公园，他喜欢洋把式，领大家野餐。大姑用了一个礼拜终于想通，王海鸥肚里的孩子是底牌，底牌亮给人家了，还玩个屁，对家随便胡。但她坚决不出席那场野餐，于是叫我爸妈代她出席，主要是替她看着王战团。我跟着去了，王海洋也在。王海鸥是跟李广源一起来的，两个人已经正式住在一起。青年公园里，李广源选了山前一块光秃的坡顶，铺开一张两米见方的蓝格子布，摆上鸡架、鸡爪，猪蹄、肘花，洗好的黄瓜跟小水萝卜，蒜泥跟鸡蛋酱分装在两个小塑料袋里，还有四个他自己炒的菜，都盛在一般大的不锈钢饭盒里，铺排得有条不紊，一看就是立整人。李广源先给我起了瓶汽水，说，喝汽水。我爸说，广源是个周到人。李广源说，听说今天大舅家带孩子来，汽水得备，海鸥也不能喝酒。李广源又问我妈，舅妈喝酒还是汽水？我妈说，汽水就行，我自己来。李广源给王战团、我爸、王海洋，还有自己起了四瓶雪花，领头碰杯说，谢谢你们成全我跟海鸥，从今往后咱就是一家人了，我先干为敬。李广源果真干了一瓶，自己又起一瓶，说，今天起我就改口了，爸，你坐下。王战团从始至终一直站着，因为腿根儿的恶疮又毒了，疼得没法盘腿。王战团说，站得高看得远。李广源又单独敬王海洋，说，哥。王海洋说，你他妈比我还大呢。李广源说，辈分不能乱。王海洋还是不给面子，李广源又自己干了一瓶。王海鸥终于说了句话，你悠着点儿。

饭吃得无声无响。只有我妈主动跟李广源交流过几句，珍珠粉冲水喝到底能不能美白。我被遗忘在一边，时间不知道过了多久，王战团忽然从背后牵起我的手，悄声说，逛逛去。我起身被他领着朝不远处的后山走，中间回了一次头，好像没有人发觉我俩已经消失。我突然想起五岁那年，王战团接我放学，牵我的手他还得猫腰。如今他的腰杆笔挺，但腿又瘸了。没走几步，两人已经置身一片松林中。几只麻雀的影子从我两腿之间钻过。王战团突然叫了一声，别动。他飞速脱下夹克外套，提住两个袖口抻成兜状，屈腿挪步，我还没看懂，他已如猫般跃扑向前，半跪到地上，死死按住手中夹克，下面有一个排球大的东西在动，他两手一收兜紧，走回来，敞开一个小口在我面前，说，你看。我平生第一次见到活的刺猬。他说，你摸一下。我伸手进去，掌心撩过它的刺尖，没有想象中扎。我问王战团，带回家能养活吗？王战团说，去多捡点儿树枝子。我问，它吃树枝？王战团说，它不吃，我吃。我照办。捧着枯枝回来时，王战团竟然在生火，地上被刨出一个坑，里面已经铺过一层枯叶，一簇小火苗悠悠荡荡地燃起。当时他已经戒了烟，我实在琢磨不出他用什么法生的火。王战团说，放地上，一点点加。我掸了掸胸前泥土，问，刺猬呢？王战团指了指自己脚下的一个泥团，排球变篮球大，说，里面呢。我以为他在开玩笑，刺猬在里面？你生火干啥？王战团说，烤熟吃。我受到惊吓，蹲坐在地上，说，你为啥要吃它？王战团说，它能治我的腿，下个月你大姐婚礼，我瘸腿给她丢人。我害怕了，但我无力阻止王战团，瞪眼看着土坑里那团火越燃越熊，泥团被王战团小心地压在噼啪作响的枯叶上，持续在四周加枯枝做柴。太阳快要落山时，那伙麻雀又飞回来，落在头顶的松枝上，聚众围观。王战团终于停止添柴，静待火星燃尽，用一根分叉的粗枝将外层已经焦黑的泥团顶出坑外，起身朝下猛跺一脚，泥壳碎如蛋皮，一股奇香盘旋着热气升涌而出，萦绕住一团粉白色的肉球，没有刺，没有四肢，更辨不出五官，它只是一团肉。王战团又蹲下，吹了吹，等热气散尽，撕下一块，递到我嘴边。我毫无挣扎，像失了魂儿般，嘴嵌开道缝，任由那块肉滑进我的齿间，嚼了一下，两下，第三下时，刚刚那股奇香从我的舌根一路蔓延至喉咙，胸肺，腹肠，最终暖暖地降在脐下三寸，返回来一个激灵，从大腿根儿抖到脑顶。王战团说，你没病，尝一口就行了。他于是撕下一整块，放进嘴里嚼起来，再一块，又一块，很快，那团肉球只剩骨头。月光下，分明就是一副鸡骨架。

松林外，喊我跟王战团名字的几道声音越来越近。王战团两只手在后屁股兜蹭了蹭，牵起我的手。走向松林外的步伐，两个人都迈得很急。那一刻，我的魂儿仿佛才被拽回到自己体内，抬起头望着王战团棱角清晰的下巴，明白他是发病了。但他的腿应该真的好了。

五

王战团的恶疮不药而愈，王海鸥的婚礼却没如期举行，是王海鸥自己坚持不想办的。怀孕七个月，她跟李广源领了结婚证，我大姑才第一次放李广源进自己家门。孩子是女孩，李广源给取名李沐阳，寓意健康阳光。可惜新婚并没能给王战团冲喜，他的病情反而在突然间严重。沐阳出生后，王海鸥生了一场大病，奶水就此断了，我大姑干脆结束了半下岗状态，提前退休回家带孩子，好让王海鸥安心养病。她再没有多余的精力看着王战团了，由着王战团乱跑，香也不上了。后来邻居向我大姑举报，说王战团最近不下棋了，总往七楼房顶跑，探出一半身子向下望，下棋的人仰脖一看，楼顶有个脑袋盯着自己，瘆人极了，以为他要跳楼，一头杵死在棋盘上。大姑没招儿，再三有人劝她把王战团送进医院里住一段，起码有人看着，打针吃药。大姑反问，啥医院？你们说精神病院？做梦。我不要脸，海洋跟海鸥还要脸呢，他死也得死我眼皮子底下。

大姑到底是筋疲力尽了，最终决定二请赵老师。她先给赵老师打手机，没等说话，那边先开口说，你电话一响我脑瓜子就疼，磁场有大问题，你老头儿是不又犯病了？大姑说，你真神啊赵老师，这次犯挺重，我怕出人命。赵老师说，我现在北京给人看事儿呢，过不去，就电话说吧。大姑说，这回他老琢磨跳楼。赵老师打断说，别讲症状，讲事儿。大姑不懂，啥事儿？赵老师说，他肯定又干损事儿了，你心里没数吗？大姑说，哦，哦，我想想，对了，半年前，他抓了一只刺猬，烤着吃了。电话那头许久不响。大姑说，喂？信号不好？听筒里突然传出一声尖吼，你等着死全家吧！大姑也急了，说，你不是修行人吗？咋这么说话！那头吼得更大声，你知道保你家这么多年的是谁嘛！你知道我是谁嘛！老白家都是我爹，你老头儿把我爹吃了！

大姑被骂呆了，里外转了一圈儿，打个电话的工夫，王战团又偷跑了。她也懒得再追了，回沙发摇外孙女睡觉。晚上，李广源来了，说海鸥想孩子了，今晚抱回去一宿。大姑说，广源，你知道白三爷是谁吗？你学中医的，我想你懂得多。李广源说，我第一次进咱家门就看见那俩牌位了，高的那个是白仙家。大姑说，白仙家到底是谁啊？李广源说，狐黄白柳灰，五大仙门，中间的白家，就是刺猬。大姑说，哦，刺猬是赵老师她爹。李广源说，谁爹？大姑摇摇头。李广源说，妈，以前我不是这个家的人，不好张口，现在我想说一句。大姑点点头。李广源说，我爸还是应该去医院。大姑说，我再想想。李广源说，牌位也撤了吧，不是正道儿。大姑说，要不也得撤了，你爸把人爹给吃了。李广源说，啥？大姑说，广源啊，我看明白了，你不是坏人。

大姑还是下不了狠心把王战团送给外人，她选择自己将他软禁，大链子锁屋里干不出来，于是选择偷偷喂王战团吃安眠药，半把药片捣成粉末兑进白开水里，早晚各喂一杯。王战团乖乖喝了，成天成宿地睡，一天最多就醒俩小时，醒了脑仁也僵着，最多指挥自己撒两泡尿，吃一顿饭，然后继续栽回床上。如此一年多，王战团都没有再乱跑了，大年初二的家庭聚会也不出席。我奶都忍不住问大姑，战团好久没来看我打麻将了，没出啥事儿吧？大姑说，老实了，挺好的。两岁的李沐阳已经会叫人了，爸爸，妈妈，姥姥，嘴可溜，就是姥爷俩字练的机会少。每周日，李广源跟王海鸥带孩子回娘家一趟，李沐阳偶尔会冒出一句，姥爷呢？大姑说，姥爷累了，睡觉呢。李沐阳说，姥爷永远在睡觉。李广源说，妈，爸总这么睡不是个事儿啊，要不我给抓服药？大姑想了想，说，广源，有没有能让人睡觉的中药，副作用还小的？李广源说，都这样儿了，还睡？

安眠药的秘密，大姑本没打算告诉任何人，却碰巧被我得知。自从上回王战团牵着我消失在松林中，我爸妈明令禁止我再跟他来往，否则腿打折。然而我似受到一股熟悉的力量驱使，还是在某个周六，独自来找王战团。上次来，两块牌位还在，香火不断。这一次，同一张翘头案上，牌位被换成了十字架，耶稣基督被钉在上面，耷拉着头。我说，大姑，你信教了。大姑说，是信主。我说，你信主了。大姑说，不信的时候其实已经信了，主一直就在那，是主找到了我。我说，我找大姑父。大姑说，在里屋。

门虚掩着，我轻轻推开，王战团平躺在床上，没盖被，身子笔直且长，一双大脚与床根平齐。我走近了，一半身子贴着床边坐下。王战团的眼皮频繁地微微抖着，双唇有节奏地翕动，起先声音细弱，像是在说梦话，但又听不清。我悄声说，大姑父。大姑父说，来了。我一惊，本以为他睡熟了。我恢复到正常音量，说，来找你下棋。王战团也恢复到正常音量，说，一车十子寒，死子勿急吃。我听不懂，什么？王战团又重复了一遍，死子勿急吃。我听懂了，他念的是象棋心诀。我说，大姑父，棋我永远下不过你。王战团说，顺杆儿爬，一直爬到顶，就是人尖儿了。我说，别卡住了。王战团说，死子勿急吃。之后他的唇咬死了，一道缝儿也没再漏。我才醒悟，他确实是在睡觉，说的一直都是梦话。

我退了出来，把门带上。大姑正跪在十字架前，俯首合掌。大姑说，主啊，我早该跟你告解，向你忏悔了，我是个罪人。我给我的丈夫下药，我是比潘金莲还毒的毒妇。我太累了，主啊，我也想一觉睡过去，我真的累啊，主啊，主。大姑没有察觉到我就站在她身后。有哭声传出，眼泪吧嗒吧嗒地打在两手指尖。我故意用鞋底在地板上蹭出动静，暗示自己的存在。大姑缓缓回过头，脸上挂着泪说，我有罪。我说，我也有罪，我也要告解。大姑说，你说吧，主都听着呢。我说，王战团抓那只刺猬，我也吃了，而且不止吃了一口，我不记得自己吃了几口，很嫩，味道像鸡肉。大姑瞪大了眼睛，双唇像躺着的王战团一样翕动，嘴里却发不出半点声响。我继续说，还有，我恨这个家，恨我爸妈，恨我自己。我以后不会再来了。

六

婚后已经两周，到底去哪里度蜜月这件事，Jade 跟我始终没能达成共识。不办婚礼是我们共同做的决定，蜜月就更显珍贵。那时她已随我回过沈阳，也见过了我的父母，还有我奶、我大姑，以及我二姑三姑和她们的儿孙，同堂四代人都把 Jade 当外国人看，可他们的样貌其实并无出入。我大姑已是全白头发，一直攥着 Jade 的双手不放，直接摘下自己右腕上戴了许多年的佛珠，顺势套在 Jade 手上，嘴里不停念着，好孩子，阿弥陀佛，阿弥陀佛。那次回来以后，Jade 变得对我家的故事异常感兴趣，佛珠也一直没摘。她终于相信我没有撒谎，相信我真的吃过刺猬。我说，不然去斯里兰卡，听说是世外桃源，而且消费不贵，毕竟咱们预算有限。Jade 说，你大姑父，王战团，梦里说的那句心诀，到底是什么意思？我说，哪句？Jade 说，死子勿急吃。我想了想该怎么组织语言，说，大概就是，有的子虽然还没死，但已经死了，不，是早晚会死，只要搁那不管就好了，不影响大局。Jade 说，你觉得王战团是在说他自己吗？我说，他只是在说梦话。Jade 说，有些人活着，但他已经死了，有些人死了，但他还活着。中学课本里的一首诗，我正在恶补呢。我说，你的中文进步神速，吓到我了。Jade 吻了我一口，说，就斯里兰卡吧。那里四面环海。

二〇〇三年的秋天，我大哥王海洋死了。王海洋死于一场车祸，那本是平常的一天清晨，他驾驶一辆 237 路公交车，空车离开始发站，正常行驶到中华路路口时，被一辆载满砂石的重型卡车拦腰撞翻，人被砂石埋进地面，当场就没了。此前王海洋已经交到新女朋友，公交车售票员，大他三岁，两人已见过父母，但男方家只有我大姑出席，因为那时王战团终于被大姑送进医院，精神科病房。关于这件事，有两套说法。我爸称，我大姑那年摔伤了腰，照顾自己都困难，只能痛下决心。但据我妈讲，我大姑后来在外面有了相好的，实在没法再把王战团留在跟前。他俩说的，我都不信。

王海洋葬礼，王战团被两个白大褂直接从医院病房送到火化间门口，告别厅的仪式都没出席，是我大姑特意安排的。一家人哭得再无泪水盈余，王海鸥跟那个女售票员已经抽搐到双双无法站立，李广源一人扶起两个，王战团才到场。大姑说，战团，我是怕你受刺激，不敢叫你来，但我想了又想，不能不让你来，你要理解，阿弥陀佛。王战团点头，面无悲喜，目不转睛地盯着停尸台上被白布从头到脚覆盖住的儿子说，我再看一眼海洋。大姑说，别看了，模样都不在了。王战团坚持说，我看看，看看。他伸手要去揭盖面的白布时，身穿白大褂的殓导师上前挡住了他的手，叫了一声，大哥。王战团说，大夫，我没事儿。殓导师说，魂已西去，相留心中，放手吧。我不是大夫。终于，王战团在一众亲友的注目下，缓缓收回了手。殓导师独自推着白布下的王海洋，径直走向火化间的入口，那道门很窄，差一点把王海洋卡住。殓导师的白大褂跟王海洋身上的白布化作一体，一声高呼从那抹纯白中传回——西方极乐九万九！通天大路莫回头！

当王海洋化作一缕灰烟遁入云里时，王战团一直站在火葬场外仰头追看，没有人敢上前跟他说话。我不顾爸妈阻拦，独自走上前，对王战团说，大姑父，该走了，去烧纸。王战团的表情仍旧读不出，只默默跟在我身后。我放慢脚步，等他上来，牵起他的手，并排走在最后，我的身高马上要追上他。走在前面的人群一半是我的亲人，另一半是我不认识的王海洋单位领导同事，他们不时回头看我俩，神情都很怯懦。但我没有跟他们对望过一眼。王战团说，得捡根棍儿，越长越好。我说，等下到了地方，肯定有别人留下的。王战团说，不要别人的，就要新的。我说，好，我办。

祭悼场人满为患，非家属站在场外不再跟进。一家人排队守住一个刚刚腾出来的烧纸位，半圆形的墙洞内，上一位逝者的冥钱还没有收完，火苗将熄。我大姑第一个上前，将自家带来的烧纸投进去，炉火续燃，我大姑哀号一声，儿啊，你走好！阿弥陀佛接应你！一家人的哭声再度响起，接下来是王海鸥跟李广源，然后是二姑一家，三姑一家，跟着我爸妈。我奶按规矩不能给隔辈人发丧，怕被带走没来。他们陆续向炉中添纸，说着差不多的悼语。王战团排在最后一个，快轮到他时，我正从外面回来，手中握着一根新折下的松枝，笔直细长。王战团沉默地从我手上接过树枝，轮到他上前，一口气把剩下两摞烧纸全部丢了进去，刚刚烧得很旺的火一下子被闷住，他再用树枝伸进去捅，上下不停挑弄，火重新旺了回来，一发不可收拾。我站在王战团的身边，看着他专注地烧纸，火舌从墙洞口蹿出，两张脸被烤得滚烫，恍惚间，我闻到一股似曾相识的香气。我听见王战团在身旁说，海洋啊，你到顶了，你成仙了。

没人敢催促王战团，一家人安静地等待他亲眼见证了最后一丝火苗熄灭。守候在外的单位同事早已不耐烦。王海洋单位出了两辆公交车，返程时，差几位坐满。大姑坐在我身边，我靠在窗边。大姑拉起我的手说，大姑谢谢你，佛祖会保佑你，阿弥陀佛。我说，大姑你信佛了。大姑说，是迷途知返，才修回正路。我问，信佛好吗？大姑说，好。她戳了戳自己心坎儿说，这儿不闹了。我想通了，你哥该走，都是因果。我问，大姑父呢？大姑说，他也该回去了。我顺着大姑的目光朝窗外看，不远处停着一辆白色面包车，王战团的背影正猫腰进车。车外，李广源给两个白大褂塞钱，看不清是多少。两名白大褂最后也上了车。车门拉上前的一瞬间，我忽然很想大声地喊一声王战团，或者大姑父。但我始终没能成功发出声音。王战团的身体被紧挨他的一个白大褂遮住，他的头扭向另一边的车窗，没有让我看到他的表情。那是我最后一次见到王战团，我大姑父。

Jade 曾问起，王战团是怎么死的？我说，他死在医院病房里，就在葬礼后的第二个月，突发心梗。早上护士给他盛粥的工夫，一扭头，脑袋已经搭在了窗沿上，像在打瞌睡。Jade 说，法国老人都很羡慕这种死法，毫无痛苦。我说，全世界人都一样。Jade 话锋一转，结婚以前你为什么没跟我讲，你得过抑郁症的事？我说，怕你嫌弃。Jade 说，其实你不用怕，但我很高兴你现在愿意告诉我。我说，我很抱歉。Jade 说，别这么说，不是你的错，其实抑郁症也不是真的，对吗？我说，不知道。Jade 问，你现在还恨你父母吗？我说，不存在恨。Jade 说，我也不恨我父母，他们离婚是明智的。我的生母没必要因为生了我，就做一辈子母亲。片刻沉默。Jade又说，不然我们不去斯里兰卡了，把钱省下来，回沈阳买房，交首付。我笑说，你越来越像个中国人了。Jade说，嫁鸡随鸡，嫁狗随狗。我说，上次你带我去凡尔赛宫，我盯着墙上展出的一幅油画哭了。Jade说，我记得，当时问你，你不说。我说，那幅画里有一片海，海上有一艘船，我想起了王战团。他其实从来没当过潜艇兵，始终在战船上，爬桅杆打旗语的信号兵。Jade问，你怎么知道的？我说，他在自己的诗里写过，后来我跟大姑也求证过。Jade问，诗里怎么写？我说，王战团在诗里写道，船在他脚下前行，月光也被踩在脚下，他指挥着一整片太平洋。潜艇里是不可能见到月光的。

我想我可以确认，王战团指挥刺猬过马路那年，就是二〇〇一年，我十四岁，按年纪该念初二，却仍被卡在小学六年级。那天我本来是被爸妈逼着，去我大姑家见赵老师，求她帮我看事儿的。我天生患有严重的口吃，直到十岁那年，我因在学校里被同学嘲笑，愈发自闭，躲在家中不肯再上学，爸妈没办法，轮流请长假，开始带我到北京寻医问药，一九九七年大半年里，我都在北京跟家之间奔波，在石景山的一间小诊所里，舌根被人用通电的钳子烫煳过，喝过用蝼蛄皮熬水的偏方，口腔含满碎石子读拼音表，一碗一碗地吐黑血。直到后来我已坦然接受自己将背负终生的耻辱时，我爸妈却已经折磨我成瘾，或者他们是乐于折磨自己。一年后，我回到学校，口吃丝毫没好转，反倒降了一级。原本学习不错的我，因为厌学成绩一落千丈，再度被迫留级一年。当我最初的同班同学已经上初二时，我仍旧是个小学生。十四岁生日当天，我半只脚踏出我家六楼的窗台，以死相逼，才终于让我爸妈放弃对我的二度治疗。等我从窗台上下来那一刻，我决心再也不跟任何人讲话。我做了整整三个月的哑巴，任我爸妈及所有人如何诱逼，都没能再从我口中撬出一个字。我妈先是以泪洗面，哭烦之后带我去看心理医生，我当然更不可能对医生开口，他们便初步诊断我为心理疾病，但不说话根本没办法治疗。最终，还是在我三姑的引导下，我爸妈终于确信我得的是邪病，决心三请赵老师出马。赵老师要求，我父母不能在场，地点在我大姑家也是她选的，因为房子西南角那个洞还在，白三爷一样能来去自由。我妈把我送上出租车，跟司机说了两遍地址，付了车费，含泪目送我赴往。车就快驶到我大姑家时，想不到被王战团跟一只刺猬堵在了街心。

那天，李沐阳重感冒，大姑因为着急带外孙女去医院，早上忘记给王战团喂安眠药，才导致后来那幕。王战团被我大姑押回家的路上，一直很欢腾，我下了出租车追上前，王战团笑着跟我打招呼，来了？我不语。王战团又说，舌头还没捋直？变哑巴了？我瞪着他，咬死了牙。

三人回到大姑家。一进门，香气缭绕，我见过的那副十字架没了，白家三爷的牌位重被立上翘头案。我还是头一回见赵老师，她身披一件土黄色道袍，手持一柄短木剑。王战团仍旧很兴奋，主动说，哎呀，老朋友！赵老师剑指王战团，你与我白家血海深仇！别让我看见你！她又剑指我大姑，还有你！王战团笑了起来，说，今天我刚救了你家一口，能不能算扯平了。赵老师大骂，滚！我大姑把王战团强行拽进里屋，连自己一起反锁在门内。赵老师又剑指回我，过来！给三爷跪下！又是那股力量，推着我，摁着我，走上去跪下，头顶是龙首山二柳洞白家三爷的牌位，牙关咬紧之际，后脑被猛敲了一剑，只听赵老师在我身后高呼，说话！我仍咬牙。木剑追一击，说话！我继续咬牙。再一击更狠，我的后脑似被火燎。三爷在上！还不认罪！我始终不松口，此时里屋门内传出王战团的呼声，我听他隔门在喊，你爬啊！爬过去就是人尖儿！我抬起头，赵老师已经立在我面前。爬啊！一直往上爬！王战团的呼声更响了，伴随着抓心的挠门声。就在赵老师手中木剑直奔我面门而来的瞬间，我的舌尖似被自己咬破，口腔里泛起久违的血腥，开口大喊，我有罪！赵老师喊，什么罪！说！我喊，忤逆父母！赵老师喊，再说！还有！刹那间，我泪如雨下。赵老师喊，还不认罪！你大姑都招了！我喊，我认罪！我吃过刺猬！赵老师喊，你再说一遍！我重喊，我吃过白家仙肉！赵老师喊，孽畜！念你年幼无知，三爷济世为怀，饶你死罪，往下跟我一起念！一请狐来二请黄！我喊，一请狐来二请黄！赵老师喊，三请蟒来四请长！我喊，三请蟒来四请长！赵老师喊，五请判官六阎王！我喊，五请判官六阎王！赵老师喊，白家三爷救此郎！我喊，白家三爷救此郎！

木剑竖劈在我脑顶正中，灵魂仿佛被一分为二。我感觉不出丝毫疼痛。赵老师再度高呼，吐出来！剑压低了我的头，晕漾在我嘴里的一口鲜血借势而出，滴滴答答地掉落在暗红色的地板上，顷刻间遁匿不见。一袋香灰从我的头顶飞撒而下，我整个人被笼罩在尘雾中，如释重负。我再也听不见屋内王战团的呼声了。许多年后，当我置身凡尔赛皇宫中，和斯里兰卡的一片无名海滩上，两阵相似的风吹过，我清楚，从此我再不会被万事万物卡住。

蒙地卡罗食人记

星期四早晨，我为一场临时起意的私奔做好了一切准备，只待我爸出门后便启程。

雪是从后半夜开始转大的。我听见他天没亮就醒了，起先在客厅里窸窸窣窣地鼓秋着什么，随后进了阳台，强行拉开被严寒密封住的铝合金窗，取了根冻葱剥皮，又打了仨鸡蛋。大把葱花炝锅，是他做饭的习惯，蛋香顷刻被激出，流窜至我枕边。正常来讲，我六点半就该出门去上学，都七点半了还躺在床上，甚至一反常态地大敞着屋门，就是想诱他盘问，我便可谎称感冒，再托他给毕老师打个电话请假，做到万无一失。料不到他做完了饭，竟直接走出家门，一字没过问。虽说父子矛盾已久，但还不至于到视而不见的程度。我虚构着其他的可能，比如自从下岗，他便丧失了对时间的概念，如同一块骤停的机械表，没人再给上弦，七点半就不是七点半了，误以为我还不该起床，或者他有什么急事要办，但这种可能性很小，总之并非真的不关心我。我这么安慰着自己，终于翻身下床，左腿压太久有点麻。

房是小两居，机床三厂的家属回迁楼，五十二平。我六岁那年，我姥被我大舅撵出家门（我姥拒绝上缴她的退休金补贴大舅），我妈身为家里老大（一弟一妹），不顾我爸反对，硬接我姥搬来同住，小房子一度再小。小学到高中我都是跟我姥同挤一张床，直到两年前她去世。又过半年，我妈突然在立秋当天消失，除了存折别的一样没带走。家中人口骤减一半，小房转眼又敞亮起来，我跟我爸各守一间屋。从此我自己在屋都会将门紧闭，我爸对此很有意见，正式拉开我俩斗争的序幕。我来到客厅，一大盘蛋炒饭摆在餐桌上，足够两个人吃，看样子我爸自己没动。而我毫无胃口，主要是胃紧张到抽筋。五斗橱最下层的抽屉探出一半，那是我爸存放各种工具的专用层，我蹲下，全拉开，一眼便发现他最心爱的那把羊角锤不见了，第一反应是他可能又去北市场找零活儿了。我同桌田斯文说，她在北市场见过一次我爸，但又叫不准，因为他戴了顶土匪帽，扯下来遮住大半张脸，只露双眼睛。我爸眼睛很大，眉心有颗夺目的黑痣，其实不难认。不管怎样，有谁会在这种天气出来找零工呢？转念又想，他应该不是去北市场，否则不会只带一把锤子，该是整个工具箱才对。收好抽屉起身，墙上那张世界地图猛地凑近我面前，我用目光捋着经纬线搜寻了一阵，还是找不到蒙地卡罗的位置。身为一个复读第二年的文科生，地理敢说是最拿手的科目，却连蒙地卡罗到底是国家还是城市都搞不清楚，多少受打击。说起来，我一个将满二十岁的人，还从未真正出过一趟远门。地图上那些被比例尺浓缩为一个个黑点的大小城镇，于我而言都意味着无边的险境，更不用说那些数不尽的壮阔的河流，巍峨的山峦，以及丛林、湖泊、沙漠、海洋，统统如史前巨兽跃出纸面，争相撕咬向我——在崔杨昨晚来电话前，我从未意识到此事的严重性。但现在有了崔杨，我想我可以不用再怕。我带你走吧。崔杨在电话里如是说。她来电话那会儿，雪还没开始下。去哪里呢？我问。崔杨说，明天路上再议，今晚收拾好行李，尽量轻便，明早八点半，就在你家对面的蒙地卡罗碰头，我打车去接你。随后我爸掏钥匙的动静响起，我说了句不见不散便匆匆挂断。雪也开始下了。

蒙地卡罗是一家西餐厅，开张三年多，我一次都没进去过。如今它与我隔开一条茫白的雪河。零星有车辆龟速从雪中驶过，轮子被淹没，像船在漂。我没穿棉鞋，脚踏最心疼的那双李宁跑鞋，单纯想以最体面的形象见崔杨。身上披得也单薄，估计不出意外，再议的终点应该在南方，臃肿的羽绒服自然是多余的——美中不足，还是慌张到忘剪指甲，而崔杨对人的指甲尤其在意——尽管跟崔杨曾多次讨论过私奔一事，但我必须承认，当她在电话里说出口的一瞬间，我还是有些震惊，而我没有丝毫犹豫便答应，有一个重要原因，那就是在以往的经验中，无论何事，到最后我总是会听她的。崔杨大我六岁，不知道这是否注定了我永远赶不上她成熟，反正我也不愿承认自己本身就是个懦弱、缺乏主见的人，不然早该在我爸逼我第二次复读时直接反抗，而不是将积怨化作出走的动力。为防湿鞋，我循着前人蹚出的深辙落脚，沉重的背包在身后颠颠晃晃，就在我正准备横穿过街时，一阵风卷雪扑面，猛然间令我察觉，这条街上似乎发生了什么不得了的变化——身后的九中门前，初中生们身着整齐划一的橙黄色校服，坎坷而有序地自八方涌入校门，似群蜂归巢，整幅街景呈现往日罕见的平静，我这才意识到，是花大姐不见了。花大姐是个疯女人，袒胸露乳不分寒暑，以七彩斑斓的纱巾绕颈遮面，早晚雷打不动地在九中门口拦截男同学，嘴里唤着自己早夭爱子的乳名。但凡被她逮到，就要挨亲，腥臭的涎水在男孩们的脸蛋上拉丝。受害者之间疯传，遭花大姐一吻，三天之内烂脸。但事实相反，唾液淀粉酶反而缓解过几个少年的青春痘，颇为讽刺。关于花大姐，这条街上还有另一个传言：若哪天不见其踪影，必生灾祸。据我姥姥忆述，多年间花大姐仅失踪过三回：一回地震（本市罕有地震）；一回暴雨淹了整条街；再一回，雪下得比现前还大，一栋平房被压塌，砸死一家四口。奇就奇在，三回事发的第二天，花大姐都再次如常现身，仿佛成心躲灾避祸。联想至此，我不免心生忌讳，却也顾不得更多了。

推开玻璃门，挂有圣诞老人的摇铃不停在身后晃响。我用力跺净鞋面跟裤脚上的新雪，抬眼环顾，真有几个客人。门口的立牌上写着：自助早餐，每位十五元。我记得，刚开张那年还是十元。只见有人从一排不锈钢保温炉中取了食又坐回，盘中是包子、花卷、馒头片、茶叶蛋、小凉菜，拿碗盛粥或者馄饨。我不懂，为何一家西餐厅卖中式早餐。肚子终于开始叫了，但我仍不想吃，说实话，十五元也不便宜，我身上一共只带了四百多出门，从我爸存现金的糖盒里偷的。我找到一个靠窗边的空桌坐下，正对十字路口，近前有一根电线杆，灰沉的天空被它一劈两半。胸前的方桌盖着蓝白格布，桌心压着小白瓷樽，一朵玫瑰插在其中，耷拉着头。店内，一个母亲将刚剥好的茶叶蛋掰开两半，半颗塞进小学生儿子嘴里，自己叼半颗，拉起儿子出门，大风把母子俩顶回半步，母亲疑似被蛋噎住，缓了几秒，完成吞咽，再度推门才成功。两名身穿九中校服的男生，偷偷往不锈钢饭盒里倒了半盘炸馒头片，塞进书包，也迅速起身走了。我看了一眼手腕上的卡西欧电子表，八点整。最后剩三个男人，分把三桌，其中一个留八字胡，一边吹着热粥，一边翻《华商晨报》。这人我认得，是个锁匠，他的铁亭离这不远，但一个锁匠为何能消费得起十五元一位的早餐，且如此从容？我狭隘地想，他或许是方圆五里内唯一的锁匠，千家万户的门被他垄断。一个穿西装马甲的年轻女孩来到我跟前，凑近看，马甲满是油渍，她打着哈欠朝我伸手。我想过跟她直说，我只是坐在这等人，最多再有半小时，就要跟心爱的女孩一起私奔，这里再不会有人见到我们，不如就当我从没来过？可恨我这人从小怕事，只能乖乖掏出十五块钱，交到她手上。油马甲一个长哈欠打完，说，盘子自己拿。同时，门口的圣诞老人再度作响，一个头戴前进帽的高大男人推门而入，黑色皮衣，单手拎一个尺余长的棕木盒子。此人进门后，先是站定，拔了一下腰身，更高了，紧接朝我这边看了一眼，但明显不是看我，似在找人——正是这一眼，被我给认出来——魏军，我老姨父。准确说是前老姨父。我试图闪避他的目光，而他已将头转向另一边，直接走到锁匠面前，坐下，背对我的方向。木盒被端上桌，看样子两人不像偶遇，锁匠应该也在等他。

我承认，魏军一度是全家我最喜欢的大人。他为人风趣，懂情调，尤其会讲故事。每逢家族聚餐，他都是桌上活跃气氛的那个。但他酒量奇差，总被我爸喝进桌子底下，哪回还能站稳，就会揽过我妈的腰跳交谊舞（老姨不会为此生气）。他跳起舞来也派头十足，很像是电视剧里那些混迹上海滩的民国公子哥。不只是我，连我表妹（大舅女儿），也很喜欢他。但他跟老姨没孩子，我妈说，要是有孩子，他俩也不至于离婚。早年魏军是没有工作的，用我姥话说等于盲流子。我老姨说死也要跟他结婚时，被我姥揍过几个来回，结婚照里眉角还带伤。婚后，老姨求人托关系，才把魏军塞进了医科大学的动物室上班，工作是喂小白鼠、豚鼠、兔子、狼狗，养够秤了，就要被解剖课的师生接走。有年初二在我家过，我想跟他要一只兔子来养，被他拒绝。他喝醉了，对我说，工作不顺心，毕竟都是活物，落自己手里就是等死，总感觉作孽。我坚持问，兔子给不给？他捧起一盆毛蚶，一个接一个紧嘞，没再理我。可当晚饭桌上，明明摆着一盘酱狗肉，我妈咬定，狗是魏军回收利用的解剖课教具。那是我第一次觉得这个人挺虚伪的。

魏军突然起身，朝我走来，木盒被留在了锁匠面前，再细看，盒身挂有三把锁，三把锁头各不同。我冒出夺门而逃的念头，但又不能走，惊慌之间，魏军已经坐在了我的对面。魏军先开口说，阿超。我点头说，老姨父。我单名一个“超”字，家里都叫小超，只有魏军叫我阿超。我上小学前，他去广州待过半年，回来后就开始这么叫我，愣说显洋气。魏军说，刚才好像看见你爸了。我问，在哪看见的？魏军说，他往大西菜行那边走了，戴个帽子，肯定是他，老绿色的羽绒服，对不？我点头，对。魏军说，我认人最准了，你在这干啥呢？吃了没？我说，没胃口。魏军说，那我吃一口。他起身走到取餐区，捧一张盘子，每个保温炉都掀开来拣几样，堆满高高一盘，另端了碗粥，很快又坐回来，咬一口包子问我，真不吃？我摇头。你爸也下岗了吧？他吃着继续说。我问，你都知道？魏军说，这么大雪，路过那几家厂子全休息，大门都没开，他肯定不是去上班，按理说，学校也该放假，净折腾孩子。我问，你都路过哪几家厂子？魏军说，一阀门，鼓风机，三毛纺织，棉被二。我说，除了棉被二，那几家厂本来就黄了。魏军用舌尖撬了撬牙床，说，也是，没了啥都能过，但人不能不盖被。走了十一年，变化真挺大，昨天我去农垦舞厅跳舞，步法都换好几茬了，差点儿没跟上拍。我反问，才十一年？魏军说，跟你老姨离婚是九三年，第二个月走的，大概其。我问，你都去哪儿了？魏军说，先在日本待了两年，名古屋，没赚着钱，后来去了美国，黑户被举报，又被人带去秘鲁，一待七年，秘鲁你知道吗？我答，南美小国，首都利马，安第斯山脉纵贯南北，西临太平洋，热带雨林气候，盛产有色金属，森林和渔业资源丰富。魏军说，我就在利马，给超市送鱼。可以啊，阿超，书没白念，你上大学了吧？我说，复读了，第二次。魏军问，不傻不茶的，为啥非复读？爸妈逼你上清华北大？我说，能进京就行，每次都照第一志愿差几分，去年是答题卡涂串行了，活该。魏军说，你爸妈培养你不容易，尤其是你妈，打小没少花钱送你上补课班，奥数、英语、作文，一样没落，有一年为了给你交补课费，还跟我和你老姨借过钱呢，这事你不知道吧？我说，不知道。我妈离家出走了，人在哪儿都不知道。我以为魏军多少会追问，他却把话锋转回自己身上，说，刚才没说完，我最后一站是斐济，斐济知道吗？我无心应答。魏军说，太平洋岛国，睁眼就是海，那水一眼能望穿底，盯久了也心慌。有一回，我坐在海边，看见海面上盖着一层雪，我还纳闷儿，海里怎么还会下雪呢？再仔细看，其实是远远冲过来的一波海浪，泛起一长条沫子，太阳一晃，真像雪，我就知道是想家了。我低头看着电子表。魏军问，你有事啊？我说，再过几分钟得走了。魏军问，上学去啊？几点了？我说，八点二十。魏军说，那早就迟到了。我说，老姨父，你是回来找我老姨的吗？她这两年又处了个男的，俩人搭伙过，我见过。魏军说，我也见过。我问，啥时候？魏军说，就昨天，那男的贼壮，比我还高。我说，所以你就是回来找我老姨的。魏军贴碗边吸溜着粥说，要说是，也不算，我回来找你老姨，不是为人，是为钱。他冷不防的直白使我愣了一下，十一年不见，虚伪的毛病改了，反倒走向另一个极端。魏军继续说，你老姨有钱，你家谁都不知道，包括你姥，要不她哪儿来的钱换房子？我说，老姨父，我姥没了，你知道吗？魏军说，知道。我又说，我老姨在时尚地下有个床子，你知道吗？魏军说，不就是卖袜子吗？知道。那几个钱哪儿够买房子的？你老姨来钱比那容易多了，你家人，哎，一个个都蒙在鼓里，阿超，哎。魏军讲话专爱卖关子，我有数，他盼我追问，但我没那闲心，已经八点半了，崔杨从不迟到。片晌无言之际，“咔嗒”一声脆响传来，魏军跟我同时看向锁匠那边，只见锁匠举起一把被征服的锁头，朝我们晃了晃，另只手攥着开锁工具，比了个“OK”的手势。我这才发现，餐厅内只剩下我们仨人，外加油马甲，正不耐烦地收拾着刚刚那对母子的空碗碟。我问魏军，盒子里装的什么？魏军反问，真想知道？那你还着急走吗？我说，再等等也行。魏军说，那你应该听听我的故事，家里肯定没人跟你讲过，就算讲过也是假的。我告诉你，每个家里必须选出一个败类，剩下的人踩在他身上，才能活得踏实。以前我一直以为在这个家，你大舅才是那个败类，后来才整明白，原来他妈的是我。

我没想到，他的故事竟要从那么久远开始讲起，开场白是“比你现在还小的岁数，我正在下乡”——大兴安岭——他故事的前半段，反复强调的部分，是关于他在大兴安岭的林子里，打瞎过一头熊。魏军比画着说，不是熊瞎子，是正经的黑熊，站起来有我两个高。枪是跟村里猎户借的，还他半盒老秋林点心。我瞅你眼神，是不太信，但这是真的，那头熊在我屁股上抓了一把，留下三道特别深的疤，我现在不方便给你展示，这个你回头可以问你老姨，她能做证。我问，那你跑林子里去干啥？魏军说，我要说杀人你信吗？我不说话，假装镇定。魏军摆摆手笑，唬你玩儿呢，我就是想打个野物，过年给村支书上点礼，争取优待。谁承想迷了路，一脚踩空掉熊窝里了，人家正冬眠呢，被一屁股坐醒，上来给我一下子，当时我以为自己死了，翻身就一枪，正好打进它眼眶，它掉头就跑，往后再也没在那片林子里出没。那头熊在十里八村挺有名，多少猎户遇上它都不敢打，说是有灵性，通人气儿了。虽说也后怕，但也不能赖我，狭路相逢，不是你死就是我亡。后来伤口严重感染，县里卫生所治不了，给我送回了城里大医院，趁机就赖着没回去，因祸得福了。

熊的故事讲完，已经九点过了。崔杨仍没出现，我心急如焚，越来越不安。我想给崔杨打个电话，但是我没有手机。为缓解紧张，我手欠开始揪桌上那朵玫瑰的花瓣。魏军已经吃光整盘食物，突然盯起我的手说，指甲这么长，该剪了。我没应声。他又问，有对象了吗？我还是不应，撒谎不是我的强项。魏军说，我认识你老姨那年，二十三岁，你猜我俩怎么认识的？你姥爷，是个酒蒙子，你知道吧？我说，我都没见过我姥爷。魏军纠正，他死那时候，你都出生了，只是你还没记忆。你姥爷当年在粮站上班，监守自盗，偷公家的粮食酒喝，一下午能整一斤，那天没拿捏好，空嘴喝了一斤半，出门就倒马路牙子上了，突发脑溢血，差点儿死了，正赶我路过，给他背回的家。到家是你老姨开的门，打那以后，她就开始倒追我。她比我大三岁，冲这点，她也配不上我。这话我不爱听，打断说，我老姨漂亮，你当时还没正经工作呢。魏军说，你还年轻，这个道理还不懂。你跟你对象，是谁追的谁？我迟疑片刻，本来这话跟魏军说不着，但我马上就要走了，说了也无妨。我说，应该算一见钟情，论起来还跟我老姨有关系。有次补课，正好在时尚地下附近，老姨叫我下课去帮她看一阵摊儿。我女朋友就在她斜对面，卖指甲油。她看我无聊，拿扑克给我算命，就认识了。魏军问，她多大啊？我含糊说，二十出头。魏军说，那也比你大。女人比男人大，是麻烦，漂不漂亮都一样，将来你就懂了。我说，老姨父，我想借你的手机。

“嘟——”了许久，电话始终没人接。这下我彻底坐不住了。雪这么大，兴许陷在路上了？我安抚着自己，崔杨是不可能骗我的，根本没理由。魏军问，等你对象呢？我点头。魏军说，到底有啥大事，非赶今天？我说，老姨父，你跟我老姨离了婚，理论上咱俩不算一家人了，这事跟你没关系。魏军说，我是长辈，你到啥时候都不能这么跟我说话。我说，不用你教我。魏军说，我是在教你做人。我看魏军的脸色不像在唬人，开始有点怕。魏军又说，咱俩今天能在这碰上，不是平白无故的，你还不懂呢？你有大事要办，我也有——你不用这么看我，毕竟我是过来人——老天既然安排咱俩坐下来，肯定有它的目的，咱俩最好以诚相待。魏军把手机揣回口袋，继续说，当年我其实没想结婚，但你老姨怀上孕了，我不能不要她，可惜孩子最后没保住，这事你们家谁也不知道，你还是头一个。我说，我老姨被你害得不轻，我姥，我妈，都这么说。魏军说，她们看到的都是表面，你爸怎么说我的？我说，我爸从来不爱表态，但他应该不烦你。你爸是个好人，层次也挺高，不是俗人。魏军说着，摘下前进帽，原来他有点谢顶。我问，我爸怎么了？魏军说，你爸比我能忍，作为男人，也有真本事，要是生在别的年代，兴许能成大事，可惜他这辈子，也是被你妈耽误了。你少提我妈。我怒着说。魏军说，你也不用生气，我说的都是实话，孩子本身也是耽误，你也有责任。

木盒的第二把锁被打开时，我正被气得双手发抖。转眼已经十点多了。魏军在我面前，也朝锁匠回比了一个“OK”，神情颇得意。我忍无可忍，又问，盒子里到底装的什么？魏军说，啊？我说，盒子，别演了。魏军说，就是那把猎枪，我后来没还回去。他的口气若无其事，把我当傻子。我说，不可能，猎枪不止那么短。魏军说，枪管锯了，枪托也锉掉半拉，方便藏棉袄袖子里，那年还在武斗，204 干 307，派上过用场。我听不懂，一头雾水。魏军说，那年代的事，你肯定不懂，大东 204，黎明发动机厂，我的厂。最早我也是工人，后来碰上严打，聚众械斗被开除。你姥对我有偏见，就因为这点事。结婚以后，我本来是想带你老姨一起去广州，但是你老姨舍不得她在卫生所的工作，不乐意走，我自己去，她又不同意，但我最后还是去了，她就拿离婚吓唬我，她还真以为我是怕离婚才回来的，其实我是被人骗了，欠债没地方躲。你老姨这个人，从来都自以为是。

自以为是的人，应该是魏军才对。老姨作为全家生活最好的人，不仅有本事保住卫生所的工作，领一份基本工资，外面还支起一摊儿，舒舒服服，换完男人又换房。相反，魏军身体力行了他的无能，老姨当年没跟他去广州显然是明智的。老姨还有一个为人津津乐道的成就，那就是很早便去过香港，早在九七回归前，也是那一次，她发现了魏军在广州搞破鞋的证据。那是一个暑假，某天我从楼下玩儿回来，老姨也从香港玩儿回来，跟我妈俩人单独喝酒，眼角挂泪。这场面我没领略过，假装进厨房拿绿豆汤，偷听她们在说什么。听到老姨说，姐，香港老繁华了，该怎么跟你形容呢，反正那些高楼，你要见着，腿都得哆嗦。我妈说，说正事儿，你逮着现行了？老姨说，我得捋着讲啊，跟卫生厅的领导吃完饭，一起去了维多利亚港，海边有照相的，二十块港币一张，坑人，但咱们谁也没带相机，正商量要不要花钱照一张，派我上去讲价，我这一看，照相那人立的广告板上，贴着魏军跟那女的合影呢，我怕看走眼，摘下来仔细端详，操他妈，这逼还挺上相，怀里搂着那女的。我妈问，那女的多大岁数？老姨说，老逼一个，得有你这岁数了，长得也挺砢碜。我妈说，你骂她就骂，带上我干啥？老姨说，姐，我想杀了他俩。我就听到这，被我妈发现，撵回了屋，绿豆汤灌在小可乐瓶里，一口闷，透心凉。被人骗的感觉应该就是透心凉。

我在想的是我跟崔杨。我确信自己这辈子都不会欺骗她。假如此前我对崔杨的感情还停留在喜欢，在我决定与她私奔的一刻，已经晋升为爱了。人不该欺骗自己的爱人。我的床头有一本印度人写的心灵类书籍，书是中考那年我妈送我的，后来常被我翻来抄金句，写作文实用。几天前才记住一句新的，大意是，失败者才热衷说教，成功者只陈列事实。这句话套用在魏军跟我身上，应该算贴切，尽管人的感情不能粗暴地以成败来衡量，但他正是前者，前者最大的成就感来自拖后者下水。我不会被任何人拖下水，谁都别想得逞，因为崔杨永远会拉我上岸。

十点半了。雪仍没有要停的迹象，天色很催眠。油马甲刚刚一直趴在角落里的桌上睡觉，醒来憋一脸气。门外的积雪，彻底漫过台阶，就算此刻是崔杨走来，也会被淹至膝盖——崔杨身高一米七三，是我见到过的腿最长的女孩，电视里那些模特不算。我突然想起来，我跟崔杨好了近一年，还不知道她家住哪儿，所以只能坐在这里被动地等待。我好像也没问过她父母是做什么的，她也从没主动讲起过。爱一个人，并不一定要有多了解。我是这样以为的。魏军提醒我说，吃口吧，剩菜开始撤了。我说，不饿。魏军问，你性格随谁多？我觉得是你爸。你妈其实性格挺开朗的，就是脾气不好，你姥家人脾气都不好，主要是女的，你大舅不光窝囊，还蔫坏。你爸内向，有啥事都憋在心里，我看你更像他。我问，你说我爸他到底有啥本事？魏军说，你爸以前当过兵，这你知道吧？我说，知道。魏军问，什么兵种，知道吗？侦察兵，参加过战役，枪林弹雨。我说，没听他讲过。魏军说，原来我也不知道，我二哥有个同学，跟你爸以前是战友，命是你爸从战场上救回来的，对你爸感恩戴德。他跟我讲，你爸是尖兵，丛林战，神出鬼没，枪法也准，立过大功。退伍回来进了厂子，本来领导是想提拔他，但你爸脾气太犟，从厂长到书记得罪个遍，被人打压了半辈子。我说，我就知道他会拳脚，打架没吃过亏。魏军说，废话，你爸以前是杀人的。油马甲走来打断我们，泄愤道，你俩走不走？早餐结束了。魏军反问，走咋的？不走咋的？油马甲说，走就走，不走就得点午餐，不点不能坐这。我问她，午餐都有什么？油马甲答道，便宜的有沙拉、汉堡、意大利面，买杯饮料也行。魏军说，啥意思？吃不起吗？最贵的是啥？油马甲说，牛排，八十八一份。魏军挥挥手说，来两份。他又看了一眼锁匠，说，来三份，给那个人也上一份。油马甲说，先给钱。魏军对我说，阿超，你先给，等我拿到钱就还你。我没反应过来，乖乖掏钱，兜里仅剩一百多。油马甲说，找你三十六。我问，有啤酒吗？油马甲说，十八一瓶。魏军说，抢钱啊？我说，来两瓶。油马甲说，正好不找了。旋即走掉。魏军脸上这才露出一丝难堪，说，阿超，一个男人出门在外，还是应该多带点钱，穷家富路。我说，老姨父，省了吧，钱也不用你还，咱俩恐怕以后再也见不着了。魏军说，我也确实遇到了难处。我说，为什么总是你遇到难处？魏军说，人生就是这样，有起有落，你正好又赶上我落了，等我拿到钱，一定会再起来的。油马甲拎着两瓶啤酒跟两只玻璃杯回来，起开，倒酒，魏军那杯溢出了酒花，他及时抿了一口，问我，你酒量随你爸吗？我说，不知道，还没喝多过。魏军问，第一次喝酒？我说，第二次，我爸管得死，考上大学以前不让喝。魏军说，都是大人了，找机会应该喝多一次，探探底。

我第一次喝酒，本来可以是跟我爸的。就是一年多前，我妈消失以后，我第一次复读。当天周六，我陪我爸去七院做体检，他本是个从不留意身体的人，那次是因为曾经的工友上访，告书记贪污买断金，导致个别主动下岗的先进个人受骗，书记为了安抚情绪，答应给上访各位报销一次体检，也带我爸一份，虽然他本人并没出现在上访的队伍里，但他确实是先进。抽血的时候，先是个年轻的实习护士上手，看着岁数跟我差不多，抽至半管，血说啥也上不来了，急得一头汗，说，不好意思啊大叔，我去叫护士长。护士长来了，重起一针，飞速完活，拿着一管血就走了。对此我很大意见，在去吃羊杂汤的路上，跟我爸说，应该把医院也上访，业务不过关。我爸说，花一管血的钱，抽了一管半，按照市场经济学理论，我觉得是赚了。我知道他是想开个玩笑，但我并没觉得好笑。我爸点了一盘羊肝，给自己补血，就着啤酒。我喝一碗羊汤，味道过膻，盯着他手中的酒杯，大胆提出，也想喝一杯。我爸顿了一下，说，还没到时候。我说，我都十八了。我爸说，十八了也不代表你就是男人，再等两年。最后的体检结果，我也没问过，但至少在视觉上，我爸好像永远都不会变样子，疾病懒得找上他。此后倒有听他提起，几个从小看着我长大的叔叔阿姨，在那次体检中查出了癌症，上访没要到钱不说，反赔上条命。我爸虽然嘴上不说，却有意开始锻炼身体，每天早起去八一公园里甩鞭子，还拜了位师父，委托仍在厂里工作的徒弟，打造出一条称手的钢鞭，自己往鞭头绑红缨。徒弟没好意思要钱，反正料都是厂里觅的，也没人管。钢鞭应该是我爸这辈子唯一侵占公家的财产。后来有一天，我爸提议带我去八一公园遛遛，参观一下他每天锻炼的场地。到地方发现，开阔的空地上，凭空出现数个方方正正的巨大冰块，间距规整，一半已经有了造型，像是巨人下的国际象棋。走近了，才发现最中心的那块，正有个男人对其艺术创作，雕的像岳飞，说赵云也行。冰雕展啊。我爸嘀咕。我讶异的是，雪还没下，冰哪里冻的？我爸说，可能从更冷的地方运来的，哈尔滨，漠河，也可能是西伯利亚。我随我爸上前，他问男人，空地要占多久？男人凿着冰块说，五个月起码，冬天多长我多长。我爸像是自言自语，五个月我都不能甩鞭子了？男人嘴欠道，甩个屁，操。我爸就把他给打了，夺过他手中的凿子，骑在身上，准备朝脸下手的一刻，又突然停住，从他身上下来就走了。全程我一动不动，没有任何反应，最后跟在他屁股后面一起走，看着他放松着自己的右拳，关节上还沾着陌生人的血。

一瓶酒快下去了，魏军比我慢。锁匠此时捧着木盒来到桌前，向我跟魏军展示，中间是把密码锁，得用锯，电锯。我观察，密码锁有四列数字拨轮，看上去固执而可靠，虽然我数学最差，但也知道，若凭排列组合来解，至少也得一年半载，看来它难倒了方圆五里内唯一的锁匠。魏军说，你看我长得像电锯吗？锁匠说，别跟我抬杠，是真没招儿了。我建议道，为什么不直接把木盒给锯开？魏军说，盒子是古董，明清物件，值不少钱。随后对锁匠说，那你就找个电锯。锁匠说，你他妈泡我呢。我问，这把锁是谁上的？魏军说，你老姨。我说，我老姨生日多少？魏军说，试过了，不对。我问，你自己的呢？魏军摇头。本来应该紧张崔杨的我，莫名对这把锁起了兴致，上手试了下我姥的阴历生日，也不对。油马甲此时端来两份牛排，两整块平摊在盘子上，黢黑，淋着酱汁，旁边点缀着胡萝卜片，两副刀叉攥在她手中。锁匠目不转睛，口水快流下来。魏军说，你也有份，回那桌吃去，继续钻研，自己想办法。锁匠说，加八十块钱。魏军说，那你还得找我八块呢，牛排就八十八。锁匠“操”了一句，端着木盒坐回去，赶上他的牛排正上桌。

魏军问我，吃过牛排吗？我诚实回答，第一次。魏军动刀切牛排，说，这玩意儿在秘鲁特别便宜，南美洲产牛。我也启动，却怎么都切不开眼前的牛排，烦躁无比。魏军已经进嘴，嚼着说，整老了，一般得问几分熟。我说，你总吃吗？魏军说，我记得第一次吃，还是带你老姨，就在彩电塔顶上的旋转餐厅，老贵了。那天你老姨过生日，想说带她潇洒一把，登高望远，观赏一下城市夜景。我问，你俩那时候感情还挺好？魏军说，好是好过，谁跟谁一开始都好过，都是后来不好的。我说，肯定有一直好的。魏军说，反正我没见过，过到最后都一样。我问，离婚是因为真的一点感情都没有了？魏军说，感情多复杂啊，现在给你讲，你还是听不懂。就拿我跟你老姨举例子，感情有过吗？有，现在也有，感情不是牛排，能一刀切。但是你老姨后来是真疯了。我打断道，她确实脾气不好，那你也不该这么损她。魏军继续说，她想要我一辈子对她都跟刚搞对象一样，你觉得可能吗？那不是疯了是啥？哪有人是一辈子不变的？

我生气，我的刀子太钝，牛排毫发无伤。我不知道自己是不是被他气花了眼，眼见自己的指甲长出有一寸长，几乎媲美花大姐。一怒之下，我直接上指甲割牛排，竟一劈两半，再试一下，四分之一块又下来，顺势用指甲扎着送入口中，就着酱汁塞满嘴。魏军埋头吃，完全没注意到这一幕的发生。我怀疑自己是醉了，空腹喝酒容易醉，可再次用指甲蹭一下自己的脸，仍觉尖利无比。魏军低头吃着说，你老姨这个人，什么都想要。她想有故事，又想要过日子。但是人不能贪心啊，只能图一样，我只会讲故事，过不了日子，讲完了故事我就该走了，可你老姨不放我走，最后完全变歇斯底里了，女人疯起来比啥都要命。这回换我低下头，刚刚已趁他不注意，用指甲把剩下的牛排全部分割成了小块，换回叉子依次送入口中，机械地咀嚼。魏军抬头，端起啤酒说，我知道，你现在正是谈恋爱最热乎的阶段，我这些话你肯定听不进去，但是我告诉你，生活，感情，都是一个圈，最后没有谁能跳出去，等你在里面打转，转到我这个岁数，就全都懂了，但是也晚了，所以我现在跟你说这些，让你早点明白，到时候就没那么难熬。我回来以前，顺道去了趟辽阳，周边有个清水观，里边有个老道，传说看事儿特别灵，我去找他看，问我这一把能不能成事，你猜他跟我说啥？他说，你老姨跟我，上辈子有血海深仇。我回来一路上就合计，挺有道理的。你知道我刚才突然冒出个啥想法不？我觉得，你老姨可能就是被我打瞎的那头熊，找我报仇来了，我又想起来，她认识我以后，右眼睛就得病了，飞蚊症，老有黑点在眼前闪，看大夫又说没啥毛病，犯不着手术。那头熊，被我打瞎的就是右眼。阿超，你信这个吗？我极不耐烦道，你别说了，我脑袋疼。魏军说，咋了？一瓶啤酒就上头了？我说，不知道。我飞速咽下最后一口牛排，把双手藏在桌子底下，指甲抠着膝盖，能感觉到裤面被拉出了线头。魏军主动掏出手机，问我，要不你再打个电话？我不想伸手，推脱说，你帮我打吧，刚才那个号。魏军略惊讶，按下拨通。我把头扭向窗外，雪太大了，窗玻璃与远处间，仿佛又聚集了一层浓雾，雪中的一切都被折射得变了形，已经无法借光来分辨时辰。魏军放下手机，说，关机。我不敢相信。魏军又说，可能是手机没电了。我看表，差五分十一点。我不知道该说什么，只觉两脚发软。此时又有两个身影推门走进，是两个九中的男学生，就是早上来过那两个，背着书包，坐的也是早上那张桌。油马甲上前，招呼他俩的态度明显温柔不少，看来是常客，早午饭都来蒙地卡罗，说明他们的家庭条件不一般。两人点的是意大利面跟咖喱鸡肉饭——我不明白为何自己可以听得清他们说的每一个字，彼此的距离明明隔着最远的对角线。我听见，两人又分别要了可乐和雪碧。然后说起了花大姐。一个说，花大姐死了，尸体在上午被警察发现，就在九中后门的那条胡同里，脸朝下趴在雪地里，后脑被凿开个大洞。另一个纠正说，不是上午，昨晚就死那了，血都冻成了冰坨子，刨锛党干的。第一个问，刨锛党是啥？第二个又说，这都不知道？拎把锤子尾随你，有时候是在楼道里蹲着，等你进了没人地方，一锤子直接干死，抢钱。第一个说，操，花大姐又没钱，干死她图啥？第二个说，我他妈咋知道？可能就烦她？油马甲插嘴道，这礼拜死了三个人了，全是脑袋被开洞，反正你们都小心，天黑前回家——我问魏军，你听得到吗？魏军反问，听啥？我说，那两个学生说话，跟那个服务员。魏军说，上哪听去，顺风耳啊。我说，雪太大，提前放学了，他们刚才说的，还有花大姐，刨锛党。魏军看着我，好像我在说疯话。我有些迷惑，再看窗外，九中门前，一个个橙黄色身影陆续从校门里出来，星点四散，这回像一把苞米粒撒在了白布上。坦诚地说，我偶尔会忍不住想，假如我与崔杨的爱情是发生在校园里，而不是时尚地下，至今会有不一样吗？或许那会是一场更妥当与不容置疑的恋爱，故事从开篇到结局，一眼望穿底，像斐济的海水。可惜崔杨初中就退学，对校园并没留下太多好印象，甚至对这座城市也心生怨念，总说想走，直到遇见了我。崔杨活得比我大胆是事实，也是我最倾慕她的地方。反观我的人生（倘若足以称之为人生），就只有校园，唯独能论出格的，就只有一个滑稽的初吻——这么说可能对田斯文不太尊重。复读转插新班级，田斯文作为我的同桌，是我在班内唯一有交流的人。相熟不久，她曾给我递过一封语意模糊的情书，遭班主任毕老师截获。先被训哭的人是田斯文，随后我被单独叫去办公室。错不在我，所以内心并无波澜，直到毕老师对我说起，我爸暗地替我申请特困生的事。毕老师老到，她精通如何把学生推入羞耻的火坑，再甩你根绳。田斯文的父亲在市委工作，母亲是大学老师。毕老师像在读一段课文的旁白，我才听懂，她同样对我的家境了如指掌。她说，你要过河只有一道桥，这道桥，是你爸躺下拿身子铺的。当天放学，我突然很想喝酒，刚走出校门，想找公用电话打给崔杨，被突然蹿出的田斯文拦在身前，一个吻撞向我的双唇，肇事者便慌张逃跑了。这么回想一遍，说滑稽其实也不为过。

崔杨带我去领事馆对面的那家酒吧，才是我人生第一次喝酒。据说那是全市最早的西式酒吧，开给那些在领事馆工作的外国人的，也常有民航的机长跟空姐们来消费，酒水卖得贵。崔杨替我点了杯鸡尾酒，“sex on the beach”，橙黄色，明亮而后劲足。我问崔杨，是不是也是第一次来，她点头，但我见她在吧台跟酒保说话时的神情，怀疑她撒了谎。我们坐在靠近小舞台的桌上喝酒，过了九点，一个菲律宾女人登台，在乐队伴奏下唱了几首英文歌。其间，我一言不发，崔杨也不逼我说话，但她的眼神一直在飘离，中间与一个四十岁的白种男人目光相撞，对方毫不遮掩地向她飞眼，尽管她试图躲避，但中途有两次忍不住回看，被我发现。我突然感到很难受，并不是因为崔杨的着装有些刻意，乳沟若隐若现，而是因为那个男人行为背后的动机，一定因为我看起来像个孩子。我跟崔杨说想回家。她结了账，牵起我的手，出门打了一辆车。往常约会，总是她先送我回家，那一天我不愿，坚持先送她。崔杨突然抓起我的手，十指紧扣说，不然今晚都不回去了。我默默点头。崔杨开始指挥司机，掉头朝一家快捷旅店奔。可笑的是，当晚我们换了四家旅店，都没能入住成功，赶上全市正在严抓住宿登记，两个人都没带身份证。崔杨提议，去火车站前的黑旅店，肯定有空子可钻，然而我已丢了兴致，决心回家。崔杨问我，你是第一次吗？我不会撒谎，承认，想要反问她，又憋了回去。最后还是先把我送到了家，崔杨跟我一起下车，执意送我上楼。我说，我爸在家，灯亮着呢。崔杨说，放心，不到门口。我拉着她，一步步登着台阶，故意放轻脚步，不想让声控灯亮起，光会害我软弱。我家住六楼，走到五楼的缓步台时，崔杨的手突然从身后将我拽停，凑近我耳边说，用手帮你，好不好？我没作声，老老实实地往角落里又退了一步。行至中途，楼下有人回家，关门声唤醒了声控灯，那光亮虽然仅有七八秒，却令我感到无比漫长，我忍住不低头看自己，也没有看崔杨的脸，直到再次被黑暗牢牢地抱紧。最后崔杨帮我系好拉链，说，下一次，等下一次。

我无比想念崔杨，想到发疯，仿佛我们已经失散多年。而在我面前坐着的，却是吃相难看的魏军，一个自大、虚伪、落魄、谢了顶的男人。他面前的盘子又一次清空，玫瑰花瓣铺散在下，仿若刚刚完成了一场祭祀。我不确定他之前是不是一直在说话，因为传进我的耳中有些前言不搭后语，他在说，我姥爷还活着的时候，其实最欣赏他，临死之前，留了一样东西给他跟我老姨。魏军加重语气，说，是一小盒金子，真的金子，就那个木盒。非要整理一遍的话，魏军等于又讲了一个故事（姑且称之为故事）：我姥爷的爸爸是资本家，当年被抄家，偷偷保住了一盒金子，交给我姥爷藏起来。等到姥爷的爸爸死了，他也把脑子喝坏掉了，竟然忘记了金子被自己藏在哪儿，临死前回光返照，突然又给想起来，正巧当时轮到魏军跟我老姨陪床。魏军自己复述，一方面，我姥爷最心疼我老姨，毕竟是老闺女，另一方面，也想报答当年魏军的救命之恩，于是把藏金子的秘密地点告诉了他俩，还嘱咐不要跟任何人说，连我姥都不给，金子就是属于他们俩的，交代完，人就咽气了。后来我老姨真把金子给找到了，自己又藏起来。曾经两人感情还顺遂的年月，遇过几次难处，都是我老姨拿出一点金子来，去荟华楼换了钱才渡过去的。不过我老姨留了心眼，始终没让魏军见过金子的真身，只把那个木盒带回了家，还将他最放不下的枪给锁进去，以此要挟不许他再出去瞎混。

这个故事根本无法令我信服。我问他，这就是你说的，你要办的大事？魏军承认，木盒是从他跟我老姨原来那个家的地窖里偷出来的，他知道一直藏在那里，可就是没翻到金子。魏军说，阿超，你是个明白孩子，你给评评理，金子是不是该有我一半？我说，你找金子，非要那把枪干啥？魏军说，我跟你说实话，你能不能也跟我说实话？我说，成交。魏军说，金子肯定还在你老姨手上，就算她买了房，养着男人，肯定也还剩不少，我去要，以她的脾气，肯定不会痛快给我，她不给，我得抢，动刀唬她，毕竟做过那么多年夫妻，还是了解，你老姨不是要钱不要命的人。但这是我本来的计划，直到我发现她有了那个男的，偷偷跟踪了一天，俩人基本形影不离，我找不到机会下手，那男的比我高，比我壮，看样子像练过点拳脚，我不是对手，就算动刀也不管用了，反正也等不起了，那就只能动枪。我反问，所以你是要杀人？魏军说，我又没疯，我只要金子，枪是手段。我说，明白了。魏军说，我跟你交底了，就是不怕了，雪一停，我就要动手，不，等那道锁一开，拿到枪，就动手，反正你也没机会给你老姨报信了。我说，你们的事，我管不着。魏军似乎是为了讨好我，问道，要我再帮你打个电话吗？我手机也快没电了。我想了想说，不用了。魏军说，你就没有想过，你等的人可能不会来了呢？你们两个约好了私奔对不对？我问，你怎么知道？魏军说，一看你这个背包，我就知道了，你整个人，就是要出远门的样子，我说了，我是过来人，我出过很远很远的门。阿超，你知道外面的世界多危险吗？你知道前边有啥在等你吗？怎么说，我也是你的亲人，我不会骗你。听老姨父一句劝，雪停了就回家去吧。

我不想再跟魏军多说一句话，看去锁匠那边，不知何时，两个男生竟被密码锁吸引了去，并排站在锁匠身后，替他出着主意。我还是能听得清亮，他们建议把注意力重新集中在密码本身，早已满头大汗的锁匠动摇了，采纳建议，刚试过“0000”和“1111”，便又丧失耐心。其中一个男生说不少人用密码锁都不会改出厂设置，万一碰上个傻子呢。锁匠甩手说，光会逼逼，你来。另一个男生迫不及待地接过手，开始转齐四个“3”。窗外，一声警笛穿越长街，两辆警车随后从蒙地卡罗门前驶过。可能又有人死了这件事，也没能稀释他们仨人的专注。刨锛党兴许已改为白天作案，谁知道呢，只要我们都没在街上，也没在夜里，暂时就都是安全的。时间来到正午十二点，上天似有意颠倒黑白，空中闪现星光的错觉。我倏忽想，我爸是否已经进到某一户温暖的人家里干活儿了呢？他身上那件羽绒服好几年没换过了，前胸跟后背早就薄成了两层布单，一道长风就可以将他整个人穿透，假如他仍在外面，我想他根本无法抵御这场大雪，除非他是一头熊。

魏军仍在我对面絮叨着，但我早就把耳朵关闭，他就变成哑巴，唔唔喳喳的样子很愚蠢。我不用听也能猜到，他无非是在讲地图上的那些山峦、江河、丛林、沙漠，以及蛰伏其中的野兽。跟所有人一样，他想拿这些来吓住我。世人都怀疑我，怀疑我的爱情，怀疑我未来的人生能否跳出那个所谓的圈套，同时心底里却早挖好了一个否定的答案，静待我跳落。没关系。我甚至替他们感到可怜，是他们自己放弃了战胜一切质疑与恐惧的机会。当我再认真端详魏军，他整个人正一圈圈地缩小着，这变化很细微，只有我才能察觉，竟然有那么一丝想笑，我能感到自己的嘴角在不自觉地向耳根咧着，魏军看我的眼神突然变得惊恐无比，嘴巴大到能撑圆一个盘子，一声尖嚎逃出他的喉咙，这下我又对他敞开了耳朵，那个嗓音果然令我厌恶至极。与此同时，锁匠捧着木盒快步走来，盒盖敞着，果真有一把短枪躺在其中，两个学生成功了。而锁匠看我的眼神，比魏军还要夸张，仿佛吓破了胆，我这才伸手去摸自己的脸，终于觉出不对，首先不是脸，而是我的一双手不再是手，那是一副利爪，手背覆满长毛，左腕上的电子表也不见了。

正午漆黑，窗玻璃被衬成镜面，映照其中的是一颗熊的头颅，尖嘴鼻，圆眼，耳朵竖着，利齿龇出牙床。我扭回头之际，魏军手中的短枪已对准我的眉心，我借助两只爪子支撑桌面，猛地站立起身，一口吞下了他的头，没等他有机会扣扳机，那颗头已经脱离了自己的躯干，鲜血如喷泉一般，射进天花板里。站在一旁的锁匠，滚躺在地，想要起身逃窜，也被我一口咬断了脖颈，没了呼吸。我起身离开座位，一时还无法适应这副新身体的平衡，脚步沉重，踉踉跄跄地站到了餐厅的中央。两个男生已经不见了，好像从未来过，只留下一扇大敞的门。油马甲正蜷缩在角落里，瑟瑟发抖，我无意理会她，试着把前爪也落在地上，四肢行走，一步一步地迈出了蒙地卡罗的大门，来到了十字路口的街心。大片的雪花一层层地攀上我的毛发。我愣了一会儿神，再度活动起四肢，终与身躯更为融洽，随即开始向家的方向狂奔。我饥饿难耐，再多几颗人头也恐难果腹。我在风雪中思考着，我应该先回家，再等我爸回家，跟他好好谈谈，告诉他，我注定是要远走的，不管有没有崔杨，我都是要走的。假如他不同意，也许我别无选择，只能将他也吞掉，连同他毕生的委屈与苦难。假如他能理解，我们父子俩可以分食了那一盘蛋炒饭，再做个郑重的告别。再接下来呢？我还没想好，但可以确定的是，无论崔杨来与不来，这都不会是我人生中的最后一场大雪。

他心通

他

父亲陷入肝昏迷，是大年初二的晚上，昏迷前还教会我最后一样本领：如何正确给人搓背。他裸身坐在塑料凳上，双手把住淋浴的冷热水阀，埋头露背给我，脊骨节节可见，像饿了很久的流浪狗。左手的热水阀烫，他抓会儿松会儿，但必须这样顶着劲儿，不然扛不住我力道。别画圈儿，皮疼，拉长线，顺撇儿给劲。他偏过头指导道。我也光着身子，只穿内裤，脑袋以下全湿，左手套搓澡巾，右手压左手助力，遵循指点，匀劲儿由脖颈至尾巴根儿来回拉锯，长皴刷刷掉，带下来股医药水味儿。我说，这招儿好使，会了。他扭回脸去，冲墙上马赛克说，挺有货吧。我说，新陈代谢还挺旺盛，好事儿。他似哼笑着，又说，累了，想躺。我帮他最后打遍浴液，冲净，抹干身，披上浴袍，半搀半搂着送回床上。两周前，他受蒋老师点拨，临阵抱佛脚，剃了光头，后生出层毛茬儿，裹住毛巾胡噜一圈儿就干，省事儿。

我将他身子摆了摆正，轻飘儿，平躺别扭，就垫两个枕头给他后腰顶起，贴脸瞧，眼中黄疸比出院时更稠了。我问，喝水不？他说，想喝酒。我说，别闹了。他说，痛快嘴呗，没能耐了。我问，想睡吗？他说，我又想起个事儿，我那台摩托车，在你孙大爷手里呢，孙尚全，有印象没？我说，小个儿，秃头，埋了吧汰的，五爱街给人看鞋摊儿，早两年见过一面，牙上还挂着韭菜叶儿。他点头说，摩托车，当初讲好是卖，不是白给，八千块钱，骑走一年了我也没张口要，那工夫他手头紧，刚离婚，儿子还有心脏病，靠他养，就剩虎石台的一套老房子，一直等动迁，答应动迁款到手就给我，后来就没信儿了，. 前天看电视，早动迁完了，该把钱要回来。八千。他接着说，那台车不错，一万二买的，本田，小日本东西质量还是过硬，骑那些年也没出过大毛病。我说，行，回头你把他电话给我。他说，但要等我走以后再要。我说，别说这话，爸。他说，渴了。我把水杯凑到他嘴边，拨正吸管，他嘬两口又不喝了，继续说，承博，相机买了吧，你稀罕挺长时间了，我知道。我低头。他说，你老看那张产品册子，尼康牌，D90，连镜头下来九千出头？等那八千要回来，自己再添点儿，够了。我说，不买。他说，趁年轻应该多出去走走，照照相，挺好，都是回忆，我年轻时候也爱照相，你妈知道，我有台海鸥相机，后来结婚差酒席钱，给卖了。钱要回来不用告诉你妈，你自己支配。

父亲在南屋跟我说这番话时，母亲正在客厅里看春晚重播，乐了两声，电视动静开得小，也不知道是在乐谁的小品。三十儿晚上，三口人一起看过，印象中没有哪个小品特别出彩，包括赵本山的，范伟离开他以后直打出溜儿。看了一半，父亲就进屋躺着了，中间醒过好几次，喝水吃药，十二点的时候，竟难得睡熟了，放炮都崩不醒，掐点儿出锅的饺子也没吃一个。他在病房住那俩月，夜夜干瞪眼，疼得直哼哼，我陪床，半夜起来给他倒尿袋。那时候他就吵吵要回家。我问了大夫，大夫意思是，剩下的日子屈指可数了，待医院也是干耗，想回就回吧。到家那天是腊月二十八，我记得准量，早上下过一场小雪，地上薄薄一层，更像霜。南屋给父亲自己睡，方便他伸腿，北屋让给母亲，我躺客厅沙发。头两天，父亲看起来心情不错，话比在病房多，甚至使唤我重新摆布了立柜跟沙发的位置，又命我买两盆花来装点阳台，一盆虎皮兰，一盆仙人掌，也不算花，但都长寿，好养活。弄完一通，他感慨说，这家看着更顺眼了。随后又说，家这么立整，我也该洗个澡，快俩月没搓了，哪哪都刺挠。不料赶上小区管道炸了，热水断了三天，澡一直拖到初二才搓上。

他昏迷的具体时间，是晚上十一点半。起初我在沙发上半睡，耳边如有人呓语，还以为做梦，后来被母亲摇醒，冲我说，快去瞅瞅你爸，好像不对劲。我起身进南屋，眼瞅父亲的躯干比刚刚又薄了，似被身上浴袍压扁，两眼直勾地盯着棚顶，嘴里不停嘚咕。我蹲在床边，唤了两声，爸，爸。没有回应。我凑脸听——不钻，我不钻，别让我钻——就重复这么一句，之后双手猛地抬高，像要掐谁的脖子，却打进我的眼眶，手劲儿出奇大，我眼冒金星，揉着眉骨对母亲说，大夫说得挺准，就这两天。母亲问，还能明白回来吗？我摇了摇头。母亲问，那现在咋办？我说，该给蒋老师打电话了。母亲点头，意思听我指挥。我将父亲的双臂重新放平，几乎是用扳的，他一直跟我较劲，哪怕已经不认得我了。肝昏迷就是这样子，大夫早在刚确诊时就告知我。我以为母亲跟我一样早就做好心理准备，起码比我不差，可事到临头，多少还是我强点儿。

我跟两个男 120 合力，将父亲抬上救护车。蒋老师在电话里说，马上送你父亲到黑山，下面一个叫三台西村的地方，到了村口再打电话，有人出来接。从沈阳开车到黑山，正常三个来点儿。父亲被两个 120 捆在担架上，一开始我相当不痛快，觉得他们太混，明摆不想卖力，可父亲的双臂舞得勤，带动身子翻摆，几次差点儿从担架上滚落，也只能绑了。被囚缚后，父亲只剩干喊干叫，来回还是那一句，嗓音怪异到司机忍不住回了好几次头。母亲全程坐副驾驶，她一次头也没回，我猜她是不敢，怕回了就再转不回去，因为我从后视镜里瞄到，她有抹眼泪。两个 120 跟我并排坐在后面，好像已经把父亲当成遗体瞻仰。胖的问，这时候不送医院，跑农村干啥？我说，你见的比我多，这时候去医院还有啥意义？胖的说，那倒是，老家在农村？我说，包车钱没差你，干活儿就别多话了。胖的跟瘦的对视了一眼，再没跟我说话，倒是对司机说了一句，慢点儿开，明显是抬杠。司机毕竟都是一伙儿，等最后开进三台西村的时候，四个点儿过去了，父亲的双臂也挥了那么久，司机居然还自言自语道，神奇嘿，好人儿都没这些力气。

救护车停在村口，旁边有条小河在流，映射出细碎的月光。我打给蒋老师。蒋老师说，有位王护法在等你，把车灯打开。我让司机开灯，没一分钟，从前方暗处冒出个男人身影，绕至车后，我打开后门，他自己迈上来，人清瘦，三十出头，面无表情。我说，你好，咋称呼？男人说，等你们半天了，天要亮了。我说，不好意思，路上耽搁了，我妈是蒋老师的朋友，蒋老师让我们马上来。母亲还是没有回头。男人一直在观察父亲的异举，后被胖 120 打断，问他，哥们儿，咋走啊？赶紧。男人在我身旁坐下，说，进村照直开，该拐了我会说。司机启动，后面四人快挤不下，村路颠簸，彼此肩膀不停蹭着。我又问男人，咋称呼？男人说，姓王。我说，王哥，辛苦你了。男人看了我一眼，眼神疑惑，我愣了愣，旋即改口，王护法，他才似满意，继续看父亲，像中医在诊病。

救护车驶入道场院子时，天已蒙蒙亮了。司机半程骂骂咧咧，表面在生路难走的气，实际是抱怨，他收的钱是按沈阳到黑山算的，没想到从村子来道场又开了半个点儿，可是当他把车停下，人突然收敛起来，因为他是最先看见的：

院子里聚集着至少二十人在迎接，统一着海青服，女的占一多半。王护法率先下车，两个 120 给父亲解了绑，我搭手刚把担架抬下来，王护法已从人群中招出位壮汉，壮汉上前一把将父亲从担架上抱起（父亲从一进院开始，莫名就放下了双臂，不喊也不叫了，表现得很懂事），此刻他在壮汉怀里，更像乖孩子。壮汉一言不发，抱着父亲朝眼前的一栋五层灰楼里走去。母亲也下了车，走到那排女人们面前，双手合十地拜谢，说了什么，我听不清。司机从前面下来，来到我跟前说，那就这样儿。我说，一路辛苦，多担待。司机犹豫，问，你爸是啥大人物啊？我不知该怎么回答。司机又说，走了。我说，再见。司机说，我们这行，忌讳说再见，走了就走了。胖 120 也拍我的肩，随即跟瘦的一起上了车。车驶出道场后，一个老头儿跟母亲一同走来，对我说，进去吧，孩子，房间都收拾好了。我说，谢谢大爷。母亲说，叫居士，老居士。我说，谢谢老居士。我妈补充道，在道场里的，都要叫居士。我点点头。

楼的举架异常之高，往大厅深入，迎面是一尊高大的观音坐莲像，金身，披红袈裟，足有四米多，高举架估计是为了迁就观音的挺拔（早听说楼是居士们捐钱盖的）。墙顶挂有两只喇叭，循环播放着佛号声。大厅后是一条长长的走廊，左右两侧分布着规整的房间，都有房号，像家干净的旅店。老居士一路领着母亲跟我，来到尽头左侧的房间，1026。他推开门，让我跟母亲先进，光线淡黄，三张单人床，父亲正躺在中间那张，重新挥舞起双臂，但喊叫的声调低了，嗓子已经哑了。我走到他床前蹲下，叫了一声爸，他的视线里还是只有棚顶，此时我听见身后的母亲也叫了一声，蒋老师。我回过头，惊觉刚刚在院内迎接的人群全都聚集在了门口，母亲跟老居士站在最前，众人不动声色地让开一条路，蒋老师从中走来，王护法紧随其后，其他人接着鱼贯而入，整个房间顷刻被塞满。王护法示意我让让，我起身后退，蒋老师近前一步，我点头叫一声，蒋老师，她没回应，专注端详父亲，身后众人也屏息凝望，父亲似在意起这么多人关注自己，人来疯，猛一嗓子喊出句新词儿——我谁也不欠！——满屋居士都被这一嗓子吓得直激灵，紧接着目睹了父亲的手舞。我正丧气之际，眼角一道刺眼的闪光灯晃过，见王护法正握手机对父亲拍照，继而又开录像，左右换了几个角度。我问他，你拍啥呢？他像没听见，又探前一步拍特写。我再问，你拍啥呢？他仍不看我，说，记录一下。我说，别拍了。他又不语了。我说，你聋是咋的？他终于看我一眼，眼神里是最初那种疑惑，又继续摆弄起手机。拍你妈逼！我一掌将他的手机扇飞，滚地上老远，电池崩入人群脚底。满屋愣住，第一个反应过来的反而是父亲，怪喊又提升了八度，似在替我叫好，紧跟着是母亲，求救般唤我名字，承博！承博！最后才是蒋老师，她只瞥了我一眼，便闭目念道，阿弥陀佛。满屋居士也跟着念，阿弥陀佛。声之齐整，像受过训练。王护法捡起手机，瞪我，我也瞪他。蒋老师再睁眼时，俯身到父亲耳边低语着什么，片晌，父亲竟当真放下双臂，眼神也柔和下来，叫也不叫了，最后合上双唇，只睁着眼。我确被震慑到，但有意回避了王护法报复式的目光。蒋老师再伸手，王护法递上瓶矿泉水，娃哈哈，拧开盖，蒋老师将右手中指伸进瓶口蘸水，后朝指尖吹气，嘴里默念某句秘咒，手结法印之势向父亲身上掸水，重复四五次，父亲竟又缓缓闭上瞪了一路的双眼，像睡着了，要不是喉结微微鼓动，还以为是走了。

心

有外人问起父亲怎么就突然信佛的事儿，母亲每次讲都会透露出得意，仿佛正中她下怀。蒋老师是在父亲昏迷前，被母亲特意请来沈阳的，中间通过一位阿姨引荐。那位阿姨是母亲以前在厂子里的老工友。后来母亲赶在厂子倒闭前，凭借民歌特长，花钱托关系进了一家国企的附属小学当音乐老师，逃过下岗，踏实熬退休。那位阿姨，此后在原厂址附近卖烤地瓜。母亲那天路过买烤地瓜，俩人重逢。阿姨看上去要比母亲老十岁，然而气色却胜过母亲，脸上总挂着红扑扑的笑容。叙旧后得知，阿姨信佛小十年了，生活中所有的困苦都被解决，起码心里解决了，不再抱怨任何事，感恩一切有缘人，她自己这么说。母亲好奇问，咋结的缘？据阿姨说，一次回黑山老家探亲，碰巧溜达进了蒋老师的道场，听见人家讲经当场哭晕过去，从此做了蒋老师的俗家弟子。母亲问，有证吗？阿姨说，你指出家证？没。母亲不觉景儿，还追问，为啥没有？阿姨说，怎么跟你解释呢，蒋老师不是住持，所以那不叫庙，叫道场，民间的，她自己也是带发修行，人可年轻了，比咱小不少。母亲说，啊，年轻有为。阿姨说，娟儿啊，我劝你也信佛吧。母亲问，信佛真管用吗？阿姨说，这么问就不对，你想管啥用呢？信佛不是为了跟佛要啥玩意儿，其实该给的，佛早都给你了。母亲说，这磕儿唠得高级了，那你信上，感觉有啥不一样了？阿姨说，心里得劲儿了，哪哪都得劲儿了。

母亲后来有一阵心里很不得劲儿，为求得抚慰，闲暇时开始在家看一些光碟，有法师讲经的录像，也有演绎释迦牟尼成佛历程的电视剧，什么制作单位也不清楚，但演员都是真的印度人。光碟都是那阿姨给的，她总说母亲慧根深，有佛缘，母亲果真也看进去了。某一晚，父亲回到家，不知道又在哪儿喝的闷酒，带气儿进门，见母亲又在看碟，直接把 VCD 机给搬起来砸了，母亲受到惊吓，但没发脾气，只对父亲说，你这样严重谤佛的行为，是很危险的。父亲说，滚他妈犊子，我他妈谁都不傍，我自力更生，我谁也不欠。母亲说，咱俩说的不是一个 bàng。粗俗。

那段时间，我还在上高三，父亲刚从深圳回来，他去那儿做了一年买卖，倒腾一种烙饼机，跟朋友合伙儿，朋友负责进出货，他负责在酒桌上把客户喝倒。最后他没赚到钱，但那朋友回到哈尔滨就买了台新车，父亲后来还是经人提醒，才明白过味儿来，再去找那个朋友，人早失踪了，拖家带口一起。我隐约从他跟母亲吵架的话里话外，猜出一些原委。母亲怀疑父亲在深圳那年有别的女人，而且连是谁都咬准了，一个从前的老邻居，离婚没孩子，做买卖发得早，可以算富婆，但就是没有证据，其实还是咬不准。父亲当然不会承认，而我对此事的态度，就只是单纯好奇，假如真有这么个女人存在，是个什么样的人呢？老邻居，兴许我能认识。说来也怪，蒋老师来病房探望父亲的前一天，真有一个陌生女人来过，跟我父母年纪差不多，模样挺富态，但也不算胖，一身大牌儿，拎了个闪闪的包。那天下午，父亲让母亲回家取样儿东西，整得像很着急，我说我回，他说我找不到，还是派母亲回去了。后来我想起这事儿，也叫不准父亲是不是有意。母亲走后不到半个点儿，那个女人就出现在病房，我打水回来碰见了，女人话很少，最后给父亲留了一万块钱，就匆匆走了。我问了一句是谁，父亲只说是个老朋友，以前合伙儿做过买卖。那些年他做过的买卖太多，说了也是白说，我也懒得装关心。第二天，蒋老师来了，那个阿姨接来的，母亲出了车票跟住宿钱。仨人一见面，简单唠了几句，蒋老师就进了病房，跟父亲打招呼。阿姨在门外问母亲，你看蒋老师长得咋样儿？母亲问，啥咋样儿？挺年轻的。阿姨说，你不觉得长得像什么人吗？母亲苦想说，蔡琴啊？阿姨笑，说，菩萨啊。这叫观音相，万里无一。我在门内听到这话，才又仔细揣摩了一遍蒋老师的面相，大鹅蛋脸，长发扎鬏儿，脑门子挺宽，耳垂肥厚，别说，可以往上联想，说像也像。

蒋老师开口就管父亲叫曹居士。父亲很礼貌地点头回应，啊，你好。他态度一百八十度大转弯儿，主要是蒋老师来之前，母亲已经对他做过工作。母亲说，曹羽啊，你的病情，我只能跟你说实话了，再多瞒几天，怕来不及了，我想你是个明白人，应该走得明白，自己的时辰自己该知道，剩半个月。父亲说，你昨天说过了，你自己忘了，你说俩礼拜，跟半个月差一天，也不多这一天。母亲说，我以为昨天做梦说的，我多少天没睡觉了。父亲说，难为你了。母亲哭着说，咱俩才过了半辈子，你咋这么着急呢。父亲说，咱俩不容易，你也给我留了后，承博好孩子，细想不亏。母亲说，那你到底想啥时候跟我说实话？父亲问，啥事儿？母亲反问，你说啥事儿？父亲说，没那事儿，从来就没。母亲抹了抹泪，说，行，我不逼你，你真不愿意跟我说，明天可以跟蒋老师说。父亲不悦，蒋老师到底干啥的？母亲说，简单说吧，帮你来解决困惑的，高人。父亲说，我要死了，还能有啥困惑？母亲说，人临走都有困惑，困惑解决了，才能走得高，走得远，一去无挂碍。父亲说，你说话变了。母亲说，刚开始修行。父亲说，我没话跟她说，最多不骂她。母亲说，你不说，人家也能把你看透，还不如主动点儿。父亲哼一声，她透视眼咋的？X 光啊？母亲说，曹羽，别再执迷，那叫他心通，他心通。父亲问，啥玩意儿？母亲说，一眼就能看穿别人的心，不用说话。

那天，蒋老师跟父亲一共只聊了不到五分钟，两人单独在病房里。我跟母亲还有阿姨守在门外。蒋老师出来时，正在将一把剃头推子塞进包里，门刚打开，我就听到了父亲的哭声。我第一个进去，见他竟在地上跪着，掩面痛哭，头光了，黑发散落在地上，围住自己一圈儿。我震惊，急忙把他搀回床上，他继续哭着，我没说话，只把病床摇高三十度角，小心地托他靠下去，一偏脸才注意到，床头的墙上多了一幅 A4 纸大小的观音图，观音持瓶滴露，身后佛光普照，正对着父亲瘦削的背。我忍不住问，爸，你咋了？父亲摇着头，说不出话。我又来到门外，问三个女人，我爸到底咋了？阿姨说，你爸没事儿了，好了。我说，啥就好了？病好了？头发咋都剃光了？阿姨又说，是精神好了，心里得劲儿了。我说，我不得劲儿。蒋老师第一次开口跟我讲话，她说，你父亲做了一个决定，他不要按俗世的方式走，想走佛道了，如今他已是我的弟子，身后事，我答应管。此话一出，母亲瞬间泪如雨下，连连作揖，阿姨在一旁摇了摇母亲的手臂，她这才缓了过来，从小包里掏出一摞钱，报纸裹着，我一眼认出，那就是前一天陌生女人送来那一万，后来我给了母亲，那张报纸我认得，《深圳晚报》，头版头条是庆祝深圳特区成立三十周年。蒋老师摆手，再三推脱，最后还是阿姨替她收进了自己包里，跟母亲一起送蒋老师下楼。我再返回病房内，父亲终于不哭了，眼神发虚地望着窗外，正值日落，远处的云很高，层层叠叠，唯有几道霞光刺穿一切，斜射向我跟父亲，光映在父亲的眼中，燃烧着某种浑浊。我问父亲，爸，我要你亲口说，爸。父亲扭过头看我，微笑不语。我说，爸，你自己说，她们说的我不信。父亲开口，声音很轻柔，他说，装老衣太砢碜了，你不觉得吗？我不喜欢。我说，咱不唠这个了，行不？父亲说，没事儿，该面对的必须面对，不怕，承博，你长大了，以后全靠你自己了，家里的事也要你做主，我不想穿装老衣，也不想死在医院里，墙太白了，晃眼啊，儿子。我哭了，说，好，回家。父亲说，我想好了，我想穿海青服，我喜欢，蒋老师给我看照片了，很朴素，也挺雅。我喜欢。他又强调了一遍。

通

年初三一白天，除了老居士自己，再没有其他道场的人进来过1026。都被我硌硬到了，很好理解。我反而感到轻松，但母亲很懊恼，一上午没跟我说一句话。父亲在受蒋老师施恩过后，始终很安静，闭目平躺，像在睡一个无惊无扰的大觉，完全不用人照顾，甚至令我跟母亲显得有些多余。老居士是中午十二点来的，给我跟母亲送饭，两个不锈钢餐盘，都是斋菜，米饭扣得方方正正。我倒是对老居士挺有好感，人长得也慈眉善目，我对他说，老居士，对不起啊今早。老居士摆摆手，哎，都不容易，你也是孩子。放下饭，他对母亲说，蒋老师要我转达，今天下午开始，陆续赶到的居士们就要提前做一场法会，所有人都可以把自己家的逝者或病患大名报上去，集体功德回向，她希望你参加。母亲毫不犹豫地答应，并追问，真正的大法会是后天开始吗？老居士说，对，初五。母亲又问，那天会有多少居士？老居士说，五百。但到时可没有这样的功德回向，只是讲经诵经，每天七小时，为期三天。母亲说，明白，我下午一定到。

饭我一口没吃，母亲却终于在多日未进食后突然有了胃口，粒米不剩，还提醒我趁热赶紧吃，剩饭在道场也是业障。我没吭声，拉了一会儿父亲的手，挠着他的手心，没回应，但有温度。到了下午一点，母亲当真去了，身披着老居士留下的海青服，的确挺肃穆，精神头儿支棱起不少。母亲一走，我也困了起来，多少天我也没睡过好觉了，挤上了父亲的床，他瘦没了，像故意留一大半空间给我。我侧卧着看他半张脸，很快眯着，没做梦。再醒来已经下午四点，我是被洪亮而悠远的诵经声叫起的。我们住的楼只是宿舍，斜对面另一栋椭圆形二层小楼，才是真正的道场，活像一座小型体育馆。父亲仍躺在我身旁，一动不动，随即我就发现哪里不对，他的呼吸越来越弱，双唇微弱地颤动，气若游丝。我赶快翻身下床，俯身摇着他的手臂，叫更大声也不应。很快，最后一丝气也吐尽了，有一记类似气泡浮出水面后破裂的轻响从他喉咙里传出，后再没有了任何迹象。我再次摇摇他的手臂，就明白了，泪水顺着自己脸颊流下，双膝顺势跪在地上，朝父亲磕了三个响头，旋即起身奔出房门，穿过长长的走廊，路过观音巨像，横穿院子，直冲进道场，推开那扇大门，哐当一声响，惊得满堂佛号骤停，堂内足有一百人，同时望向我，男男女女全身穿海青服，还有不大点儿的小孩儿，整齐划一地跪在各自膝下的小方垫上，王护法手持戒尺，正踱步其间，蒋老师站在台上，手握麦克，依旧是那般从容不迫，此时母亲从人群中站了起来，喊一声，承博！我也回喊一声，妈！我爸走了。

老居士带了十八名居士，算他自己在内，把整间 1026 挤得满满登登。他们围绕着床上父亲的遗体，最近的一排就紧贴床边，齐声唱经，不用照本，老居士领头儿，韵律跟节奏竟完全一致，一个错儿都没出。父亲已在老居士帮助下换好海青服，搭配他的光头，真像那么回事儿。全程蒋老师跟王护法都没有出现。两个点儿后，再换十八人轮班儿，一刻不停地唱太费嗓子，换下来的，集体去食堂吃晚饭。母亲提醒我说，咱们应该送送。我也觉得应该，于是跟母亲走在最前，陪这十八人一路走到了楼外，我们母子站在楼门口，逐一谢过各位。每个人都礼貌地跟我合掌相拜，嘴里念着阿弥陀佛，我也很自然地学起他们，拜说，阿弥陀佛。老居士最后一个出来，我拜完，没响应，我抬起头，发现他正在举头看天，我追他目光望上去，老居士说，孩子，莲花，看见了吗？我问，啥莲花？老居士又往院中央挪了几步，再抬手指着说，那朵云，是莲花啊。他的声音大了，走在前面的那些人又停下脚步，回头看他，又看天，纷纷对彼此说，是莲花啊，是莲花。我跟母亲同步凑到了老居士跟前，顺着他手指的那片云看，其实我一开始就知道他说的是哪朵。母亲也激动地抬起手，指着说，承博，你看啊，就是那朵，莲花。我说，是吗？母亲似有不悦，反问，不是吗？你真看不出来？我说，看出来了。母亲还问，是什么？我说，是莲花，好大一朵啊。老居士说，曹居士走得好，显影儿了，多少高僧大德都未必有的加持。母亲一听就哭了，我不知道为什么，也跟着哭了出来，眼见乌云正从八方赶来，立马又闭上双眼，拒绝了一场姗姗来迟的暗淡。母亲突然在我耳边说，你想知道你爸那天跟蒋老师都说了啥吗？我再睁开眼，说，我不想。母亲侧头看了我一眼，又继续抬头看莲花。这中间，陆续有车辆驶入院内，接连几辆豪车，打头是一台路虎一台悍马，应该都是参加初五大法会的外地来人，新来者一下车，马上都凑过来，抬头看天，异口同声道，哎呀，莲花，哎呀。母亲又对我说，王护法想把拍下来的录像刻成碟，当蒋老师的教学资料。我说，随便。母亲又说，你该跟王护法道个歉，我认为，你认为呢？我说，去他妈的。母亲说，承博。我改口道，阿弥陀佛。

跟俗世规矩一样，发丧也在第三天，正好赶初五。然而，初三当晚我必须为一件更棘手的事儿奔波——父亲的死亡证明。父亲自愿从蒋老师的道场走，我承诺他，会在他失去意识后替他做主，一定办到。但父亲要在黑山当地的殡仪馆火化，异地火化必须出示户籍所在地开的死亡证明，证明此人因故无法回到户籍所在地，才能依法进别人家炉子。操作此事的具体步骤，都是老居士指导我的，看样子类似情况他应该没少过手。第一步，我要去找三台西村的村长，请他开一份证明，证明父亲是在他所管辖的行政区域内死亡，签字盖章。这件事，是抱父亲进屋的壮汉带我办的，证明文件就是他随手写的，字很潇洒，像读过书，到了村长家，我才知道他是村长外甥，没废任何话，他舅舅就签字盖了章，继续回到炕上喝酒。第二步，我要带上这份文件连夜赶回沈阳，好确保第二天一早去派出所，换回张真正的死亡证明。但急就急在第三步——初五一早我必须赶回黑山，父亲才能抢上第一炉烧。老居士说，蒋老师要给你父亲争个圆满，第一炉才圆满。我说，我以为佛不争不抢。老居士顿了顿，说，钱都给殡仪馆的人了，就等你爸呢。钱是王护法垫的。

又是壮汉帮我找的车。村里一个青年每三天往返一次黑山跟沈阳，送花生跟木耳，黑山特产。当晚他刚好要连夜赶去沈阳送一批货，我搭他的货车，晚上十一点半出发的。小青年不爱说话，看模样也就二十，比我小不了两岁。他一刻不停地抽烟，车开得很快，反光镜上挂着弥勒佛，我被车颠出错觉，弥勒好像真的会笑。两个半点儿就到了沈阳，天还没亮。我掏出两百块钱，他没要，掉头去送货，把我扔在了我家小区门口。我站在喷泉前合计了半天，最终决定不上楼，出小区打了辆车，直奔一家洗浴中心，半夜大池子已经放空水，随便冲了一个，倒在休息大厅的按摩床上睡了。一觉醒来，正好七点半，再打车去沈河区山东庙派出所，父亲的户籍所在，到那儿八点，正好赶开门。不承想，民警要求我出示父子关系证明，我不懂，我手上有父亲的身份证跟村长文件，还有自己的身份证，这还不够？民警说，因为你是代办，所以必须证明你们是直系亲属。我说，人都死了，有谁能本人来办的？民警说，你这是抬杠了，按规矩办，必须要户口本跟你的出生证明。我挺憋气，但也没办法，只能再打车回家。出租车上，手机响了，但不是我的，父亲手机也在我身上，找他的人竟是孙尚全。我正没好气儿，一接通，那边口气更粗，说，曹羽啊，你这几天干他妈啥呢？一直不回我电话，病咋样儿了啊？我说，我是他儿子，我爸死了。电话那头安静了几秒，又开口，承博啊？你再说一遍！我说，我爸死了！昨天下午！你到底啥时候还钱？我的声音肯定挺恶，司机都被我吓了一大跳。那头问，啥钱啊，大侄子？我说，装傻是不？摩托车钱！我爸的摩托车！八千！那头才说，你说这事儿啊，等见面再唠。我说，我跟你有啥唠的？你先还钱再说。那头说，得了，我现在去你家找你，我知道你家住哪儿。

我一进家门，眼泪唰地又掉下来。沙发边还堆着几件父亲在医院换下来的衣服没来得及洗。我开始翻箱倒柜地找户口本跟出生证明。户口本我知道放哪儿，但出生证明是个难题，我打电话问母亲，她一时也想不起来，而且她在电话那头说话也听不太清，背景全是诵经声，淹没一切凡间对话，我恼怒，挂了。正赶此时，楼下响起一阵摩托车引擎声，更闹心了，孙尚全还真有脸来。我反倒好奇，开了门候着，想整明白这人到底啥意思。我家三楼，他却爬了老半天，楼道里传上来一高一低两串脚步声，像两个人的。我没耐心等，把门留着，继续回南屋翻东西，孙尚全进了屋，倒是一点儿不客气，门不带，鞋不脱，径直朝我走过来，我这才注意到，他走道儿一瘸一拐，肩膀也一高一低地栽棱着，像小品《卖拐》里的范伟，再往腿上看，还真是一腿长一腿短——他右脚上的那只黑皮鞋，鞋底有半寸厚，很像女孩流行过一阵的那种松糕鞋，趿拉着行走，动静像拿板儿砖拍地，但左脚那只鞋是正常的。我问，你咋不脱鞋呢？他说，这不不方便嘛，翻啥呢？我说，出生证明。他问，谁的？我说，我的。他又问，找那玩意儿干啥？我说，证明我是我爸的亲儿子。他像在思考，仿佛面对一个很难理解的问题，后说，我帮你找啊。我说，这又不是你家。他说，那我坐着等你。于是自己又走去客厅，一屁股坐进沙发里。真他妈有意思这人，我心说。

大半天过去，还是没找到。其间，孙尚全把餐桌上两天前剩的干豆腐都打扫了，自己还上阳台扒了两棵葱，洗好了蘸酱卷上，问我吃不吃。我说，你是不有点儿啥毛病？

啊？孙尚全笑了，齿间果然得挂点儿东西，这把是葱叶儿，他说，你这孩子挺逗，多少年没见着，变样儿了。柜子里的抽屉被我泄恨一样，全部反倒在地上，孙尚全又咯噔咯噔走上来，蹲下捡起一本老相册，翻看起来，指着其中一张他跟父亲的合影，说，你看，那时候我跟你爸都在厂子里，你爸管我，岁数比我小，但我挺服他。他见我不搭理，又起身出去，我盘坐在地板上生闷气，也不知道是跟谁。眼瞅四点，派出所五点就下班。孙尚全竟然在客厅里翻书架，突然抽风儿似的叫起来，这儿呢！我赶紧出屋上前看，还真给他找到——再看他手中的小册子，《泰国旅游导录》，我从没注意过家里有这本书，就夹在里面。我抢过他手中的出生证明，手掌大的小本儿，上面先是我父母的名字，曹羽，房丽娟，再往下是我的名字，曹承博，旁边那半页，是我的小脚丫印，拿手比量，短过我的小拇指。我问孙尚全，你咋找到的？孙尚全说，随便抽的。我说，阿弥陀佛啊。孙尚全有点儿得意忘形，说，九几年你爸就去过泰国，还搂人妖照相呢，人妖长得比女人还白净，你爸可爱照相了。

赶回山东庙派出所时，差十分钟下班。孙尚全摩托骑得挺快，算他立功了。但我坐上摩托才发现，那不是父亲的车。父亲的车是绿色本田，孙尚全骑的是红色铃木。进了派出所，还是同一个民警，笑着看我，也不知道啥意思，总之盖了章，父亲的户口成功销掉，换来一张死亡证明，证明叫曹羽这个人被彻底抹除了。我将这一张薄薄的纸，小心翼翼地折好，揣进里怀，再裹紧了羽绒服，跃上铃木摩托的车后座，对孙尚全说，送我去北站。孙尚全问，啥意思啊？我说。回黑山啊，啥意思。孙尚全说，拉倒吧，我驮你过去。我说，你泡我呢？开车都得仨点儿。孙尚全说，我骑老快了，刚才你也有感受，再说你爸出殡，我肯定得到位，咱俩一起不正好嘛。我说，这么冷的天，吹死谁啊？孙尚全说，你抱着我，风都我扛了，冻不着你。

出发时间五点半。一路上我搂着孙尚全的腰，能感受到他肚子的起伏。他身上有股子味道，跟父亲身上的很像，类似油哈喇味儿混着酒精，但是父亲的不难闻。摩托车只能走国道，刚出沈阳的时候，孙尚全不回头地跟我说，挺多年前，有一回你爸喝大了，一直说想去泰国，搞一条船，把房子卖了，就住船上。我问，带不带我跟我妈？孙尚全说，那没说，他就说东北太他妈冷了，腻歪了。再往后孙尚全说的话，都被风给吞了，我一句没听清。国道两边，是望不到头儿的两排杨树，除了我们俩，沿途几乎无车驶过。我身子确实不冷，但脚趾头冻得没了知觉。路程快开到一半的时候，后轱辘爆胎了，砰的一声响，吓得我差点儿从车上翻下来，孙尚全停下车察看，也没发现轧到啥，骂了两句，再放眼望去，不到五百米的前方正巧有家汽修店。他说，肯定这帮逼撒的钉子。我陪着他推车朝汽修店走，走着走着竟然不冷了，还出一后背汗。我终于忍不住问他，你腿咋整的？孙尚全说，骑摩托被车撞飞了，拉煤的大货，膝盖骨给干碎了，摘掉以后短了一截儿。我不会接话。他继续说，这双鞋我自己做的，行不？我还有一双白的呢，分场合穿。我问，比如呢？他说，你爸出殡，我就穿黑的出来。我快结婚了，二婚，到时穿白的，西装也穿白的。我说，讲究人儿，没看出来。没走多久，到汽修店，直接换胎，要等二十分钟。我提议，去隔壁小饭馆吃碗馄饨，暖暖身子。我说，我请客。孙尚全说，开国际玩笑，哪能让大侄子请客。然后他自己又要了瓶啤酒。我问，喝酒还能骑车？他说，放心，更快。我说，赶紧吃吧。他说，大侄子，我就是骑你爸那台车，撞断的腿，但我没敢告诉你爸，他不知道。我说，你这还赖上我爸了。他说，不是这意思，但住院半年把动迁款都花光了，所以一直欠你爸的没给。他又说，大侄子，将来可别骑摩托。我说，十八那年我就偷骑过一回，我喜欢，天生的。他说，其实你爸一直挺为你骄傲的，名牌大学毕业，工作好，又孝顺，不像我儿子，病秧子一个，天天泡网吧打游戏。我可羡慕你爸了，死得够敞亮，不像我，活着憋屈。我说，吃完没？吃完走吧。孙尚全说，把这口酒喝完。我起身，先走出门外打了个电话。

差十分九点的时候，孙尚全跟我已经快到三台西村的村口了。还真没比开车慢多少，一腿长一腿短也没拖累他速度。此前母亲给我打了一个电话，问我到哪儿了，我说马上了，母亲又说，五百居士基本到齐了，就等明早给你爸一起送葬，功德无量，给蒋老师的钱带了吗？我没说话，借口听不清便挂了。钱我没取。孙尚全偏头问我，是这儿吗？没走岔吧？我说，没有，就是这儿，照直开，该拐的时候我跟你说。孙尚全说，真他妈黑啊，看不清路。我说，你贴着河开，有月光照亮儿。孙尚全果真把车偏向一旁，河面上隐约倒映出摩托车和我俩的身影，模糊又飞快。与此同时，有一台警车从村路上疾驰而过，好像是我俩特意给人家让路。孙尚全说，啥急事儿呢，出人命了？我说，抓非法集会的。孙尚全没回头问，你咋知道？我说，我报的警。孙尚全突然提高音量，以防自己说的话再次被大风吞没，他问我，追一下子不？我反问，干啥啊？孙尚全说，追一下子，刚换的胎，比比谁快。我说，追，他妈的，追！孙尚全应道，妥了。旋即满拧油门。我把身子侧出来，不再让孙尚全的宽背遮挡我的视线，眼见就快与警车尾灯并驾齐驱，心说，这人骑摩托真的很快，在我的记忆中父亲比他更快，但要跟我比，他俩还是太慢，于是说，孙大爷，停一下！孙尚全问，干啥？不比了？我说，比，你下来，换我骑，我老快了，你可得搂紧点儿。

凯旋门

一

从腊月二十八往后，时建龙只担心两件事，千年虫和他的肱二头肌。两件事都是无中生有的。两天前，时建龙刚买了一台电脑，586，组装机，一万零点儿，市面价得多花一千，他找人买的，人是他小学同班的体委，下岗后在三好街盘了个床子，主营电脑跟配件，带卖游戏盘和黄片。时建龙省了一千，掏三百请体委吃了顿饭。体委喝，时建龙看着，他为备赛戒酒半年了——华新杯健美先生大赛，大企业赞助，第一名奖三万块钱。中午喝到下午四点，体委脚下踩着空箱套，身子随太阳往西滑，掐住时建龙右臂的肱二头肌，说，动一个。时建龙反复攥两下右拳，再迅速摊开五指，肱二头肌平行位移，似地震中的危房。体委说，可以，跟小耗子似的，谁能想到，上学那会儿瘦得像个鸡崽子。时建龙说，你胖不少。体委说，一百九十五斤，前天刚去体的检，脂肪肝。自费一千二，妈的。时建龙说，无所谓，你高。体委说，你有一米七吗？时建龙说，一米七整好。体委说，这小逼个儿，还练健美操，越练越堆，小心成球了，给一脚来回滚，哈哈。时建龙说，我练的是健美，施瓦辛格，健美操那个是马华，每天跟我做，每天五分钟。体委说，知道，中央台那女的，穿件连体裤，裆勒到大腿岔子，你说那裤子啥料的？感觉不透气。你结婚没？时建龙说，还没对象。体委说，咱俩同岁吧？虚岁三十二了，还不找。时建龙说，没遇上合适的。体委说，别说小孩话，床上合适就行。我今年明显感觉不太行了，软，力不从心，我媳妇天天闹，你说跟脂肪肝有关系没？时建龙说，锻炼锻炼，减减肥。体委说，那我跟马华蹦操。你天天锻炼，那方面是不挺好使？鸡巴是不也跟小耗子似的？嘿嘿。

时建龙的腰受过伤，当年在健身房还是新手时，做负重硬拉落下的，久坐必疼，决心找个借口先走。起身付账前，体委对他说，九九年了，要提防千年虫，说是电脑的癌症，我也不太懂，但电脑坏了我管修，你来打折，黄片白送。联系啊。

电脑是时建龙一路从三好街驮回家的，前天刚下过一场雪，街面很滑。中途绑电脑的塑料绳断了，最后一段路用推的。第二天一早，时建龙就叫人上门把网线连妥了，中午不到已自学登入黄色网站，外国的，拨号网速只够看图片，三分多钟还没刷出乳头，肚脐眼刚一露面，时建龙立刻反锁了卧室门，回到转椅上才发现金发女人没有阴毛，看着好笑，赶不及换图，飞速对着屏幕手了通淫，拿纸抹干净地板，抓紧又把门锁开了，主要是怕引起母亲怀疑。父亲去世十二年，时建龙一直跟母亲住在老房子里，两居室，一人一屋。父亲去世后，母亲最大的精神支柱就是盼动迁，消息传了好几年，慢慢动静又小了。为此母亲曾短暂消沉，随即把生活重心转移到了给儿子相亲一事上，动迁还能等，留口气就够，抱孙子万万不能，臂力不饶人。母亲对时建龙下过命令，你办你的事，我办我的，两边都抓紧，争取在新房里添丁进口。

关于如何处理射精过后的短暂大脑空白与情绪低落，时建龙已总结出自己的经验，学习新知管用。他在网页里搜索起千年虫，网友给出最简洁的一个答案：日历进入二〇〇〇年的一瞬间，计算机纪元将归“0”，人类文明倒退，一切电子设备面临瘫痪，其本质是一个在计算机发明之初便被忽视的bug，“bug”中文译为“虫”，仿佛一条以时间为食的巨大虫子。非常形象。可惜配图是一张卡通甲虫，这跟时建龙对千年虫的具体想象出入太大，他不自觉地忆起，二十多年前的一个夏天，父亲尚体壮如牛，手里拎着鱼竿，从运动系的巨大拱门内昂首步出，那肯定是个周五，他来迎接父亲下班，因为每个周五的黄昏，他都会陪父亲去浑河钓鱼。通常父亲会一边盯着鱼漂，一边喝啤酒，但那阵子浑河上游修坝截流，水流干涸，河道变幻成水洼散布的沼泽。浅斜的河床暴露无遗，烈日灼晒过后，淤泥中涌散出陈年的恶臭。父亲并不在意，鱼竿被闲在一旁，只管喝酒。时建龙闹心，跳下河床，用一根吃剩的雪糕棍儿胡乱搅着大大小小的窟窿眼儿，企图收获一两只蛙，甚至是小水蛇。不久，一条身负黑黄色斑纹的黏湿的蠕虫状生物，被他从面前挑起，自己竟全然不识。时建龙把怪物丢在父亲脚下，问，这是啥？父亲说，蚂蟥，吸血的。时建龙说，《十万个为什么》里有。父亲喝着酒说，这玩意儿神奇，刀劈斧砍都整不死，晒成干儿，冻成坨儿，缓过来还能活。人应该掌握这种本领，仿生学，科学家得好好研究。时建龙不信，于是投入一整个落日的时光，先后以玻璃片、砖头棱儿、鱼钩子，外加连踩带跺，对那条蚂蟥展开折磨，果真无法对其造成任何伤害。蚂蟥时而变幻成细绳，呈原本身长的几倍，时而又扁平作一摊烂泥，软硬不吃。时建龙折腾到满头大汗，父亲也不理，只静静地喝着酒看，中途提醒一句，小心别让它钻进腿里，顺血管一直往上游，游到脑子，人就完了。时建龙说，今天我必须整死它。父亲说，天黑了，回家。时建龙不屑，偷偷用装鱼食的塑料袋把那条饱受折磨的蚂蟥包了，揣进口袋，谋划着回家扔灶台上拿煤气烤，不幸被父亲察觉。父亲说，扔了。时建龙不肯，屁股随即挨了一脚横抽，疼得想哭。父亲说，别他妈逼我削你啊。时建龙怄气似的，把塑料袋抛向河中央，蚂蟥在半空中脱落，一头栽进黑漆漆的污泥跟夜里。

时建龙觉得，千年虫的形象理应更接近蚂蟥，它们同样无法被杀死，一个反噬时间，一个无视痛楚，都可以成为人类的偶像。想象在此刻被母亲推门打断。果然没敲门。时建龙忙将包裹着精液的纸团揣进裤兜。母亲说，你干啥呢？时建龙说，写稿呢。母亲说，最近在写哪个国家？时建龙说，法国。母亲说，意大利这么快写完了？时建龙说，写过好几遍了，比萨斜塔，斗兽场，百花大教堂，滚瓜烂熟。母亲说，有电脑了，工作是不是方便多了？时建龙说，是，不用再跑图书馆了，写稿也省事。母亲说，好好利用。你王姨给安排了个人，一会儿去见一下，抓紧洗个头，换身衣服。时建龙说，也不提前一天说，下午还要带李戈训练。母亲说，这次你再不去，我跟你王姨没法处了，电脑不能白给你买。时建龙顺从地接过写有女方手机号的纸条。心底想，他必须把那三万块钱奖金拿到手，把电脑钱还给母亲。人在屋檐下，哪怕母子俩，该低头还是低头。母亲不习惯带门，半张脸透过门空，说，我跟你爸去过意大利，你还记得吧？你上高二那年，运动系公派出差，足球交流，可以带家属，我跟你爸玩儿了半个月，涨了不少见识。时建龙说，记得，带回来一个 AC 米兰的足球，还有队员签名，后来被我踢爆了。母亲说，小龙，以后别再让妈操心了。今天你爸忌日，晚上回家烧纸。

二

见面地点在回回营的一家羊汤馆，时建龙定的。女方本来提议去肯德基，时建龙说那是垃圾食品，油炸致癌。女方在电话里就不乐意了，后来迟到应该是故意。备赛这半年，时建龙基本不下馆子，万不得已只吃清真，借机大啖牛羊肉，一水清炖，不过油为宗旨。女方到时，时建龙已经点好了菜，一锅炖肉，一锅羊杂，特意嘱咐后厨减一半盐，别放味素。两个凉菜，拍黄瓜，老醋蜇头。女方说，效率挺高啊。时建龙说，节省时间。两个砂锅底下，小火咕嘟着。女方说，等会儿还有事？时建龙说，可以没有。女方笑了，说，取决于聊得好坏呗？时建龙说，这么理解也行。女方说，听说你是搞健美的，怎么看着挺胖呢。时建龙说，羽绒服太厚，穿着吃亏。女方说，那脱了，看看。时建龙说，里边就套了件短袖，他家暖气不好，算了。女方说，腊月穿短袖，真能嘚瑟。时建龙说，主要是去锻炼方便，脱来穿去的，更爱感冒。女方撇了一勺羊汤，香菜浮着，抿进嘴里又被吐出来，说，淡点儿。时建龙说，盐吃多了对身体不好，我告诉下手轻点儿。女方说，矫枉过正了，做事讲究个度，轻重不对，啥都不对。时建龙说，有一定道理。女方说，听王姨说，你还搞文学，文武双全呗？时建龙说，给一个旅游杂志写专栏，跟文学没关系，半月刊，一个月写两篇，介绍世界各地的旅游景点，闲着赚几个稿费，够每月健身房钱。女方说，你经常出国？时建龙说，辽宁省都没出过，最远去过鲅鱼圈，小时候我爸带我去的。女方反复夹一块蜇头，几次从筷子间溜走，说，没去过你咋写出来的？时建龙说，瞎编。女方说，咋编法？时建龙说，去图书馆查资料，回家改改词，一千字一篇，容易。女方说，杂志叫什么名？时建龙说，说了你也不知道，主要摆在几家旅游公司跟出国中介的，根本没人看。女方说，还干别的吗？时建龙说，以前在一个私立中学当体育老师，都是有钱人家孩子，家长管不了，扔那寄宿，工资还行，夏天倒闭了，现在没干别的。女方说，学校还能倒闭？时建龙说，校长贪污建校费跑路，说说你吧。女方说，你想知道什么？你连我名字都不问。时建龙说，咱俩有第二次再问。女方说，我发现你这人挺实际。我大专文凭，在市妇联公会做了两年出纳，临时工，后来不爱干了，卖保健品，赚得比过去多点儿。时建龙说，卖药啊？女方说，保健品不是药，是保你未来少吃药的，好东西。你身体好，还注意饮食，没关注过保健品吗？时建龙说，从来不吃。女方说，蛋白粉也没吃过？时建龙说，那吃，搞健美的都得吃，那不算保健品。他掇起一块牛肉，说，你看，这都是蛋白质，但我需要的量大，这一锅肉，比不上一勺好蛋白粉浓缩得多。女方说，说得咋这么对，营养品就是弥补日常饮食中的不足，你平时吃的蛋白粉什么牌子？时建龙说，美国巨人牌，专门给运动员吃的。女方说，我做的牌子也是美国的，安利，知道吗？时建龙说，知道，王姨就做这个的，听我妈提过。女方说，你以为王姨跟我怎么认识的，她是我发展的。时建龙停下筷子，把羽绒服脱了，剩件短袖。女方说，你干啥啊？时建龙身子探前，锁紧双肩，说，你摸摸。女方说，摸啥啊？时建龙说，胸肌。女方伸出食指戳了戳，说，梆梆硬，石头一样。时建龙重新把羽绒服穿好，说，我的蛋白粉非常好，毕竟是专业的。女方说，凡事多比较一下再下结论，你还是留我张名片吧。

骑车去健身房的路上，顶风。时建龙前天刚蹲过腿，股四头肌酸得要命，每蹬一脚都像上老虎凳。他在路灯下停车，揉腿，又掏出女方的名片，巩由美，名字挺嘎咕。回想一番，她长得其实挺好看，腿也长，穿带根儿的皮靴比自己还高，可惜了。名片最终被随手丢进风里。

年关临近，健身房罕有人来，两排器械多赋闲。时建龙进来时，李戈正在杠铃架下蹲腿，光膀子扛杠铃，双脚与肩同宽，挺胸，收腹，撅屁股，每下蹲一次，面目就更狰狞，双膝狂抖着。杠铃架高两米，宽一米二，李戈在架前龇牙咧嘴的模样，莫名令时建龙想起孤身杀至城门下的阿喀琉斯。时建龙走近才注意到，架旁还站着一个男人，生面孔，跟自己岁数差不多，不是看热闹的，他正在指导李戈。生面孔在旁打气，再整一个！李戈告饶，整不了！哎我嚜！生面孔提高音量，整！最后一下冲刺，李戈还是半途泄气，攻城宣告失败。生面孔叹气，其实还能整。李戈抖着双腿跟时建龙打招呼，来了，哥。时建龙应了一声，脱下羽绒服，搭在龙门架一角，短袖胸口印着“省运动系首届教职工田径比赛”，站在生面孔跟前，说，没见过你。生面孔说，第二回来，家刚搬到附近。时建龙说，办证了？生面孔说，找人办的，家里有亲戚在运动系。时建龙说，难怪，外边人不让进。生面孔说，你是运动系的？时建龙说，不然呢？李戈觉出气氛不对，打岔说，龙哥，你今天咋来晚了？时建龙说，刚才忙点儿事。两人对话间，生面孔溜达着自己绕远了。时建龙目测他的背影，一米七五上下，轮廓还凑合，脖子细长，斜方肌太薄，走起路脑袋晃晃悠悠，不庄重。李戈说，人不错。时建龙说，就怕好人干坏事，我的腰咋伤的？不懂装懂的人给教坏的。昨天刚蹲完腿，今天还蹲，不怕瘫啊？李戈说，你这不是来晚了嘛，我瞎整俩。时建龙说，歘空还认个新师父。李戈说，没有。时建龙说，刚才是他让你多加了20吧？对你水平超负荷了。李戈说，感觉还行啊。时建龙说，轻重不对，啥都不对。李戈说，哥，你咋还较上真儿了。

训练提前结束。时建龙心有不快，拉着李戈吃晚饭。还是清真，回头馆。李戈说，回头油大，你说的不让吃。时建龙说，不点回头，他家炖肉也不错。李戈说，哥，炖肉都要吃吐了，还不许吃主食，吃炖肉不配大米饭，等于脱了衣服不让摸，憋啊。时建龙说，减脂期间，碳水摄入必须严控，开春就打比赛了，不能功亏一篑。李戈说，哥，其实我不一定非要参赛。时建龙说，第一次，紧张也很正常，重在参与，成绩都是慢慢进步。李戈说，今天我爸告诉我，事儿办成了，我能进运动系了，保卫科。时建龙眨眨眼，眼瞅着炖肉端上来，一人一大碗，香菜落得均匀。李戈说，哥？时建龙说，正式工吗？李戈说，合同工先进去，一年后给转正。时建龙说，那也行。李戈说，我求过我爸，让他帮你也问问，但他力度有限，这次只能办进去一个，等开春我再叫他努努力。时建龙说，心领了。戈子，我带你多长时间了？李戈说，小一年了。时建龙说，有收获吗？李戈说，收获太大了，以前体弱多病，从小在院儿里挨打，就现在这身块儿，谁想动我都得先合计合计，更别说我去游泳馆，小姑娘齐刷回头了。哥，我其实一直没找到机会感谢你，今天话赶到这儿了，咱俩喝两杯吧，破个例。时建龙点点头。李戈喊来两瓶啤酒，先给时建龙满上。李戈举杯，说，哥，我敬你。时建龙抬手将杯中酒洒在地上，说，今天是我爸忌日，十二年了。李戈说，真快啊。说罢也拿杯中酒浇地，说，敬我大爷。时建龙抓过酒瓶，一口吹干。李戈说，慢点儿。时建龙脱掉羽绒服，说，我有个绝技，从来没展示过。李戈说，啥绝技？时建龙曲起右肘，收紧腋窝，把空酒瓶夹在肱二头肌与小臂间，说，我能给这酒瓶子夹碎，你信吗？李戈想拦，说，哥，多了。时建龙说，就问你信不信？李戈说，我信。时建龙说，还是不信，你看好了。

三

……中心拱门高36.6米，宽14.6米。两面门墩的墙壁上，分别有四组主题浮雕：出征、胜利、抵抗、和平。雕刻技艺完美展现了帝国风格的艺术结晶，人物造型活灵活现，整体气势磅礴。当你缓步从门内穿过，耳畔仿佛能听到百年前的英雄们高奏着凯歌，巴黎万人空巷，只为迎接你。人群之中，有你的父母、爱人、孩子。那不只是一道胜利之门，更是一道生命之门……

——《环球旅游小览》1999 年 3 月刊下期

时建龙的肱二头肌一半被割断，手术做了五个小时，取出六块玻璃碴子，缝了三十一针。大夫说，全养好至少四个月，训练就别想了，重物都不能提。母亲哭了好几场，年没过好。时建龙在家一直平躺到大年初三，每天下午手淫，换左手还不太习惯，中间有一次没锁门，因为母亲外出了。初四赶制了一篇专栏，还是左手敲键盘，奇慢无比。初五要去医院换药，时建龙才终于迈出家。

换完药出来，突然就饿了，他不愿意回家吃，想找个饭馆解决。溜达了两条马路，鞭炮声没断过，破五，没有一家开门。眼看再走三站到家了，终于碰到家小饭馆开着，时建龙走进去，没客。老板说，吃点啥？时建龙坐下，看着菜单，说，烧茄子，熘肉段。老板说，那不如直接点个肉段烧茄子，都有了。时建龙说，不够我吃，就单点，茄子跟肉段都多过一遍油，大油。老板说，妥了。时建龙说，来碗大米饭。老板说，Sorry 了，大米年前刚用光，送米的初七才上班，你来碗面条吧。时建龙说，烧茄子，肉段，必须得配大米饭，否则就是犯罪，你给我想想办法。老板说，没办法，不行你就换一家。时建龙有点儿来气，手机在这时候响了。时建龙接电话，是个女的，上来就问，干啥呢？时建龙说，你谁啊？女的说，你没存我号啊？时建龙反应了一下，说，巩由美？

巩由美带来了两盒大米饭，不锈钢饭盒装的，压得满满登登。巩由美说，怕你不够吃。时建龙说，这事儿丢人。巩由美说，理解，有时候上来那劲儿馋哪口，吃不上就抓心挠肝，不嫌烧茄子油大了？时建龙说，训练停了，无所谓了，你也吃点儿。巩由美说，刚在家吃完饺子，我姐包的。时建龙说，亲姐？巩由美，对，我家就姐俩儿，咱家不在沈阳，本溪的。时建龙说，过年没回本溪？巩由美说，爸妈没得早，就在这边过了，我姐离婚，带着我外甥。时建龙说，也挺不容易。巩由美说，我记得你不是左撇子啊？时建龙说，右手受伤了。说罢脱掉羽绒服，里面还是那件短袖，右臂缠着几圈儿崭新的绷带，视觉上比左臂粗。巩由美说，像敢死队袖标，咋整的？时建龙说，这事儿更丢人，不说了。巩由美说，你这件短袖有啥来头？时建龙说，我爸留下的，他以前是省运动系的足球教练，教小孩踢球，喝大酒，我高三那年肝癌死的。年轻时候自己也是球员，没踢出来，后来盘算培养我，我不是那块料，长身体那两年天天练盘带，个头儿还给耽误了。巩由美说，选择搞健美了。时建龙说，从小到大在运动系的家属楼长大，身边都是搞体育的，以为这辈子就在运动系过了，不喝大酒的话，应该比我爸活得长。我爸死得着急，不然还有门路。他死以后，运动系被体院收了，算中专，新领导上来，不许接班了，门槛儿又提高，想进单位必须有体育特长，资格证和奖项都能加分，我练过别的几样都不行，后来被人带进健身房，才知道搞健美也是条路。巩由美说，想得挺明白。时建龙说，本来还指望开春比赛拿个前三名，完蛋操了。巩由美说，没事儿，你还会写文章。时建龙说，那就是个爱好，吃饭指不上，我妈说，人还是得有个正经单位。巩由美说，这话伤人了。时建龙说，想多了，没那意思。巩由美说，话没错，但两说，对女人，有个正经归宿更重要。时建龙说，同意。巩由美说，我比你大一岁，王姨跟你提过吗？时建龙说，真没提。巩由美说，嫌弃吗？时建龙说，没所谓。巩由美说，男人嘴上都这么说。时建龙说，人家都说，女大男小好。巩由美说，其实女大男也大，才好。哈哈。时建龙说，咋说？巩由美说，我说那方面。时建龙才反应过来，说，怎么唠着还下道儿了。巩由美说，我发现你不太禁逗。时建龙说，是真没想到能跟你见第二次。

话聊僵了。时建龙闷头把两盒米饭全干掉。还是巩由美提议喝两杯，时建龙没再扭捏。几杯下肚，巩由美说，我觉得你这伤要想长肉快，更得多吃蛋白粉，想试试我的吗？时建龙说，多钱啊？巩由美说，算了，第一桶当我请你，吃好了回头再说。时建龙说，那多不好意思。巩由美说，上我家拿去吧，省得再单独跑，离得近，我姐带孩子出门玩儿了。

四

那次跟巩由美做，只用上一个姿势，男站女悬空。巩由美的臀被单手托起，双腿环绕时建龙的腰，似树袋熊一样蹭着上下，可惜还没爬到顶，树就枯了，三分钟没满。巩由美安慰说，我猜你单手就够劲抱我，肌肉没白练，是紧张了。时建龙没听见，他正努力憋劲想试第二次，低头却只见树苗。

时建龙反思自己的表现，不该出这问题，肱二头肌牵连不到海绵体。想不通，主要还是觉得对不起巩由美，非买下三桶蛋白粉带走。出门前，巩由美笑着说，咋感觉自己像出来卖的呢，你不会等到三桶都吃完再来找我吧？时建龙说，不至于。巩由美说，今天没少消耗蛋白质，到家补两勺。

母亲问起过一次，跟王姨介绍那个人聊得如何，时建龙撒谎说，没有后续。本来年后母亲又从多种渠道给安排了几次相亲，时建龙都找借口躲掉了。天气渐暖之际，时建龙去医院拆线了，母亲竟也不再提相亲的事，主要是动迁的消息下来了，这回确凿。母亲的精气神一天赛一天，甚至是亢奋，日日拉着一帮老邻居，都是运动系的家属，去拆迁办堵门，逼问一平米还能给涨多少。白天，只剩时建龙独自在家，黄网登得更勤了，但主要目的不是释放，而是研究，他想测试自己盯着金发女人们的图片还有没有反应，结论是没有，换成日本的，审美亲近些，还是不起作用。时建龙意识到，这件事严重了。

中间某天，巩由美来过一个电话，邀时建龙去她家里吃饺子。时建龙在电话里问，你姐跟孩子在吗？巩由美说，当然不在，我自己包的，韭菜鸡蛋。时建龙犹豫了几秒，说，今天算了，有点儿私事。巩由美说，你有负担了，来了也不用买东西，我不干那个了。时建龙说，为啥不干了？巩由美说，下次见面再说吧，饺子我自己吃了，拜拜。

时建龙回避巩由美，是计划好去三好街找体委。他跟体委要了十张黄片，五张欧美，五张日本，他想再试验一次，是不是动态的比静态的管用。体委说，还是你身体好啊，这些够使一阵了。时建龙说，回家蹦操了吗？体委说，蹦了，马华起得太早了，我也跟着早起，蹦完就饿，早饭吃得比以前还多，一礼拜后上秤，胖出五斤，妈的。时建龙说，我是问你那方面咋样了。体委说，我还真去北陵男科查了，说没啥毛病，是心里有问题，我心里能有啥问题？哈哈。

回到家，时建龙迅速把盘插进电脑主机，目不转睛地盯着显示屏。画质不行，还总卡，叫声跟口型都对不上。时建龙紧张感受着下身的反应，连换三张盘，仍旧毫无动静。

时建龙的脑子乱了，从此他就要担心三件事了，千年虫，肱二头肌，海绵体。恰逢此时，母亲突然开门进家，时建龙晃了个神儿才回过头，母亲的目光正无处闪避。

母亲关在自己屋里哭，时建龙敲了两下门，进来坐在床边，想等母亲先开口。母亲抹了抹泪，说，小龙啊，你要是有啥想不开的，就跟妈说，妈是过来人，都能理解。时建龙沉默。母亲说，对象你要是不愿意找，妈不逼你。时建龙仍无声。母亲说，今天拆迁办回信儿了，每平米再涨五百，咱这块位置好，一平两千八，不少了，我本来想等款到手，再添点钱，换个大房子，写你名。时建龙说，不用。母亲说，只要你结婚那天，还愿意带我过就行，你要不愿意，我就搬出去租房子。时建龙说，妈，我跟你过，就咱俩，别哭了。母亲说，小龙啊，妈老了，累，以后你自己多替自己操心，行吗？时建龙说，妈，你还记得当年我爸火化的时候，我进过炼人炉那个后屋吗？母亲说，真不记得。时建龙说，当时你哭得太厉害了，别人一起在外面搀着你，等我爸骨灰出来。结果等了四十多分钟，我爸还没炼出来，有人就开始急了，我去后屋敲门想问问，里面一个老头儿开门，穿件破烂白大褂，啥也没说，直接领我进屋了。老头儿问我，是直系亲属吗？我说是，儿子。老头儿走到一个炼人炉后面，半蹲，打开那个洗脸盆大的铁炉门，招呼我也蹲下，透过那炉门，能看见火烧得很高，我爸成了个焦黑的人形，烧成那样了，轮廓还是不错，肩宽，身子长。母亲说，你真的看见了？时建龙说，真的，老头儿还把炉钩子从炉门里伸进去，刨我爸的身子，一钩子扒拉下两块。老头儿说，让你看啊，不是我干活儿慢，是你爸禁烧啊，快一小时了，形还不散，少见。我问他，确定这是我爸？老头儿说，不能有错，今早就你家这一炉，你要不自己试试。炉钩子递到我手上，当时我都不知道咋想的，也没犹豫，就顺手钩了一下，钩中了我爸的三角肌，就一下，整条膀子就掉了，变成一摊黑灰。老头儿说，还得是亲儿子给面儿，你爸活着时候是个犟种吧？我心想，直到我爸死了，我也不清楚他是个啥样人，但他不喝酒的时候脾气更好是真的。你说呢？

时建龙讲完了，天也黑了。母亲说，这些你从没给我讲过。时建龙说，有段时间都忘了，最近做梦又勾起来的。妈，健美我以后不搞了。母亲说，别啊，小龙。时建龙说，想搞也没戏了。他撸袖子弯起右臂，说，你看这几道疤，太显眼，健美最忌讳身上有疤。凡事掌握个度，有个好身体就够了，人不是千年虫。母亲说，啥意思啊？时建龙说，等我进炉子那天，比我爸还耐烧，就算成功。母亲说，小龙，别说这话，妈害怕。时建龙说，妈，你不用怕，你有我呢。我不用别人。还有，说了你可能不信，刚才不是我，是电脑出毛病了，千年虫搞的。母亲不说话。时建龙说，真的，电脑坏了，反正也用不了了，我想给退回去，退的钱我想先拿着，出国旅旅游，法国，意大利，都去看看，等回来再想办法把钱还你，行吗？母亲说，去吧，走一走挺好，不过退电脑的钱，出国可能连机票都不够。时建龙低头想了一下，说，那我就在国内走走，坐慢车能省钱。母亲说，也好。

五

时建龙第三次见巩由美，三桶蛋白粉剩一桶半，再没动过。巩由美本来还是叫他去家里，但时建龙提议改到肯德基。两个人坐在靠窗的小桌，各自手捧一杯可乐，时建龙吃了三个鸡腿堡，还没饱。巩由美说，你胖了不少。时建龙说，放开吃了。巩由美说，你那本杂志，我看了，笔名叫“阿喀琉斯”那个是你吧？那期写巴黎凯旋门。时建龙说，你咋猜的？巩由美说，我查字数了，988个字，你说过你写一千字的，其他文章都长。时建龙说，在哪儿看见的？巩由美说，在一家出国中介。时建龙说，你去干啥？巩由美说，我要去美国了。时建龙说，美国大了，哪个城市？巩由美说，底特律，我姐给我介绍了个男的，是她小学同学，大我两岁，离婚，在美国混得还可以，自己有个装修队。时建龙说，人你见过吗？巩由美说，在本溪是邻居，打小就暗恋我，全院儿都知道。时建龙说，你还挺有魅力。巩由美说，现在老了呗。时建龙说，也不耽误。巩由美说，我跟你说个秘密啊。时建龙说，听着呢。巩由美说，那次你去我家，其实我是挺想跟你好的，但咋说也不能让我先开口，你是男的，可是你一直也没动作，我就把念头给掐死了。时建龙说，是吗。巩由美说，你还是不信。时建龙说，我信。巩由美说，我就想说，我真不是那么随便的人，你懂吧？时建龙吃完第四个汉堡，吸了一口可乐，说，那我也跟你说个秘密。巩由美正襟危坐，说，好。时建龙说，你知道我咋能把啤酒瓶子夹碎的吗？巩由美说，有技巧？时建龙将空纸杯夹在肘间，又从裤兜里掏出一个小钥匙链，银色金属制，菱形，单面带尖，把尖朝上垫在肱二头肌与纸杯中间，模拟着当初那个令自己受伤的动作，说，没技巧，我玩儿赖了。

告别之际，巩由美主动给了时建龙一个拥抱。时建龙有些不习惯，拍了拍，送巩由美上了出租车。全天第一件事完成了，时建龙还给自己安排了另两件事，春暖花开，忙碌起来。第二件事，时建龙要去找体委收退电脑的钱。上次打车把电脑运回去的时候，体委忘带钱包了，说好退六千，比市面上收二手电脑的又多给五百。骑车去三好街的路上，时建龙突然想出下期杂志该写哪里了，美国还没写过，应该从纽约跟芝加哥开始。想着想着就到地方了，体委正趴在自己柜台的电脑上打游戏，仙剑奇侠传，一个男的跟三个女人谈恋爱，难免沉迷。体委说，你要是因为缺钱，可以跟我开口，卖屁电脑呢，不值。时建龙说，下个月我要出门旅游，路线都定好了，等回来再请你喝酒。体委说，我这现在连马华蹦操的盘都有了，再也不用跟中央台一起早起，随时随地，想蹦就蹦。

第三件事，是掉头去健身房为李戈庆功。身上揣着六千块钱，时建龙骑得有些慢了。

华新杯健美先生大赛，已经在两天前落幕，李戈获得了业余组65公斤级第三名。时建龙自从受伤，再也没去过健身房。前天晚上接到李戈电话，时建龙还在犹豫，不是因为嫉妒，只是他没有心情再走进健身房，那里已经不属于他了。没想到当他再次踏入健身房的一刻，迎来的却是久违的拥戴。十多个男人，有老有少，都尊称自己一声“龙哥”，这里面有四五个他都带过，真正出成绩的，就只有喊得最大声的李戈。那个生面孔也在，两个月过去，也算是运动系家属的一分子了。气氛挺不错。时建龙笑了，又看见了健身房的东南拐角处，平添了一张折叠桌，桌上堆满啤酒、饮料，两盘柑橘，还有一袋旺旺大礼包。样样都是胖人的。时建龙主动握起李戈的手，说，祝贺你，戈子。李戈也用力握着手，说，哥，感激你啊。时建龙指着桌上的饮食说，也别太放肆了，还得坚持下去。李戈说，放心吧，就今天例个外。我在运动系不用干保安了，教员资格够了。时建龙说，替你高兴。生面孔也走上前来，对时建龙说，龙哥，还是你教得好，服了。时建龙又笑了，但没说话。

所有人围在桌旁说笑的一幕，令时建龙有些感动，又突然想要远离人群。他独自缓缓踱步来到杠铃架前，杠铃的杆心向上弧，时建龙数了数片重，一共140，不轻，撅的。卧推能到这个水平，那群人中也就不到两个，是谁呢？他自己的保守重量也是140，刚好是以前体重的两倍，现在胖了。

极限是150，再高手，也不敢轻易推自身体重的2.2倍以上。时建龙下意识地脱掉羽绒服，只着短袖躺到卧推凳上，向上蹿蹿，双目连线与杠铃对齐，两手开握，深吸一口气——

起！一个！

起！两个！

起！三个！

——保守重量，三个结束。尽管受伤的肱二头肌痛感明显，但这么久没练，实力尚在，时建龙心中一阵狂喜，几乎蹦着起身，毫不迟疑地又拣起两片5，杠铃片穿进杆子的动作，状如男女之事，不只是体委口中说的合适，根本是严丝合缝！时建龙再次躺下——

起！一个！

起！两个！

——极限150！两个到头儿了。这次时建龙平静许多，躺着长吐一口气，心中遗憾着那帮人谁也没看见，拐角处视线有遮挡。肱二头肌疼得更厉害了，刚刚第二下，跟当初被玻璃碴子划破的瞬间有同感，不太妙，但时建龙在那一瞬间想开新的问题，阿喀琉斯怎么能像李戈呢？明明是自己！阿喀琉斯之肱二头肌，命定之殇。时建龙站起身，喘着粗气注视着面前的杠铃架，似一道窄门，正在朝远景后移，非但没小，反而越远越雄伟，大概是缺氧眼花了——凯旋门又能比这壮观多少呢？未必见得。时建龙再次拎起两片5，庄重地穿进杠铃，杆子又撅高了些微。160，新的纪录。躺下，吸气，握紧——起！——尚未推至顶点，肱二头肌已似从内部被烧着，整条右臂有如被折断，整个身体被拆散，仅此而已了吗？时建龙问自己。他的眼前一阵发黑，在杠铃有意识般地自由落体之际，那团黑色逐渐变幻出了形状，似一条蚂蟥，二十多年前就已经跟时建龙认识。时建龙对它有话想说，却毫无气力，他想借腰力重新将整个身体顶起，旧伤却在此刻复发，竖脊肌疑被扯断。此时，那条蚂蟥再次幻化，这次成了人形，时建龙猜，那应该是父亲，炉火中燃之不尽的男人。半秒钟后，有个声音在时建龙的耳膜中响起，那是从自己胸腔传来的一记脆响，与此同时，他又感到下身有一股温热涌上，满溢，整个人被这种舒适四面包围，似极了被那双长腿环绕的瞬间。杠铃在时建龙的胸骨着陆，呼吸被截。大大小小的杠铃片滚落在地，巨响引来的第一个人是李戈，他从拐角跑向杠铃架那一刻，第一眼看到的是时建龙鼓鼓囊囊的裤裆，一株小树正在他的两腿中间勃然生长，仿佛要冲破一切阻挡。

霹雳

新家搬进来已经三天，跟旧家一样是租的，租金贵了一倍，但面积也实现了飞跃，一百四十二平，两室一厅，正南正北向，北面带一个户外阳台，临街俯视四环边上的一条窄河。妻子喜欢这风景。搬家当天，撞巧了北京今年入秋以来最大的暴雨，前脚家具卸车，后脚天就漏了。我感慨运气好，险成落汤鸡，妻子不屑说，是她提前查了黄历，严选出吉时才躲开大雨，哪来那么多好运气。我本想夸一句，但怎么措辞都觉得太谄媚，最终没张开嘴。我知道我应该说点什么的。身处婚姻的人都应该多赞美自己的另一半，连朋友圈那些信口开河的情感公众号都懂的道理。

那场暴雨持续了整个下午，至黄昏放晴，激涨的河面上架起一道彩虹桥，站在阳台向下望，似一条人生捷径，引领逐梦者朝对岸更贵的别墅区拼命。用妻子的话说，房是租的，但风景是实打实的，花多少钱换多少快乐，这世道就算公平。总之，我俩心情都不坏，就是件好事。一切本无懈可击，然而——三天了，一股不知哪来的恶臭始终不肯放过这个家，再往惨说，那恶臭毁了一切好兆头：河水，彩虹桥，梦寐以求的落地窗，以及我与妻子之间正尝试修补的关系。那股臭真的很难形容，一阵阵地凭空涌出，忽稠忽稀，平均每天能闻到七八次，妻子受迫害的次数应该更多，因为它主要集中在南屋（妻子的房间兼工作室）和厨房，如果不是我负责做饭每天要进出厨房（同在南面），可能根本没机会闻到，毕竟大部分时间我都在北屋活动。算起来，我跟妻子分居有半年了，从旧家开始。旧家位于百子湾，一居室，六十平不到，但采光极好，晴天窗帘不拉死，清早总有一束晨光会攀着妻子的脚踝跋涉至下巴，我喜欢拖到那束光完成它的旅途后再下床。彼时我们养着一只猫，是妻子认识我之前捡回来的流浪猫，母的，无品种可言，通体白毛却惨黯无光，唯独两眼之间鼻头以上那一小块毛是橘黄色，状似一道闪电，妻子耍巧思取名霹雳。霹雳结识妻子比我早，捡回来时就有四五岁了（宠物大夫判断），等同人至中年，该懂的都懂，例如带眼识人。我儿时被猫挠过，怕猫，因此决不会主动跟它接近，铲屎，剪指甲，梳毛这些更是靠边躲，对此霹雳也心知肚明，它总是等我离了床，再悄咪咪地蹦上去，轻舔妻子下巴上的光斑，唤恩人起床。这画面倏地在脑海中闪回时，总会勾起我对旧家的怀恋，尽管其中裹藏着无尽唏嘘。婚后三年，我们一直住在那小六十平里，甜蜜在先，酸涩接棒，直到某天爱忽而不再，彼此再无话说。分居后我睡客厅沙发，平躺伸不直腿，腰酸到彻夜难眠，如今换了大房子，整个北屋供我睡，待遇升级，没什么可抱怨的，这是真心话，何况我也没资格抱怨。虽说感情走到这一步彼此都有责任，但物质上让这个家撑到今天的人是妻子，说白了，我是个靠女人养活的三十岁男人，我当然没有为此感到骄傲，更不可能坦然，只是三年来已渐渐习惯。我也不是没工作，上大学读的戏文系，毕业后经熟人介绍，加入一个民营小剧场，老板是个复读三年砸钱托关系也未能圆梦中戏导演班的富二代。差不多有一年时间，我的主业是跟一帮自命不凡的青年导演和演员瞎混，吃顿烧烤有时还得大家凑钱，写剧本倒更像副业，后来干脆连家门也懒得出，一个编剧本来也没必要每天在剧场里闲晃，跟养猪的不涉足屠宰场一个道理，顺带省了上下班的通勤费跟来去路上那俩小时。第一年写过两个本子贱卖了，维系了三年的单身生活，结了婚就捉襟见肘，邪门儿的是婚后写的东西再没卖出去过半个字。我想象可能是上帝突然闭眼，瘫进摇椅里说了句，不想再看这傻逼写的垃圾了，于是天底下的导演、观众、制作人都乖乖听令。我一度也无比焦虑，但焦虑久了也就疲了，不得志被我当作人生常态。任何一个三十岁的男人，认为自己得志才反常。怀才不遇的痛苦倒是从来没有过，因为我清楚自己没什么才华，不过想靠写字谋生，青春期那几年每天看小说，闲来写过几篇小文投杂志中了稿，便猖狂到认定今生抓笔吃饭，自坑自埋，赖不着谁。近两年其实我也没闲着，反复在修改一个剧本，只是毫无进展。两年间，笔下的故事仿佛已滋生出自我意识，不仅不听指挥，甚至欲取代我掌控角色命运，它我间演变成一场漫长的拔河，角色们被逼选边站，于是大家僵在原地。我至今不怀疑它是个好故事，也坚信终有一日和解会达成，但我现在必须暂停跟它较劲，因为我有更要紧的事做——那恶臭，就是我新的敌人，我必须铲除它，我宣布与它势不两立，你死我活。再说我也不想见妻子继续被折磨，两个人就算没了爱，仍似连体婴，双面一心，一个哭，另一个绝笑不出来，如此敞亮的新家，不该收容两个冤种，哪怕河水、彩虹、落地窗也不能同意。是时候换我为这个家做点贡献了。

事情简单了，问题也来了。首先，十一月初的北京，天凉窗紧闭，理论上恶臭不可能是从户外蹿进来的，况且我们住十七楼。小区档次高，卫生环境过硬，院里垃圾桶早晚来人清两回。其次，妻子决定租这套房时的唯一要求就是空房，前任租户遗留的旧物全部丢光，房东的原配家具也都拆了，屋内本该也排除嫌疑，除非地板底下藏尸了——那么恶臭到底是打哪儿来的？三天过去，我几乎被逼魔怔了，甚至怀疑自己与那恶臭已经合二为一，我走哪儿它跟哪儿，从南屋肆虐至北屋，夜里翻身甚至能听见打我背后传出这家伙的讥笑声——它他妈的黑上我了。

第四天的傍晚，我洗了串马奶葡萄给妻子端进去，换来的是一场妻子主动的做爱，就在南屋的单人床上。我猜她是工作累了或者实在无聊，也可能是我把自己也刚洗完，身上残留的洗发水香短暂压制了那恶臭。我们全程像被那恶臭催着，担心它突然蹿出来败兴，彼此都懒得脱上衣，仓促而就，做完我就睡着了，再醒来已经天黑，妻子躺在一旁点了颗烟说，回自己屋吧，挺挤的。我没穿拖鞋，也没开灯，在月光下小心地落脚，如新兵穿越雷区，好安全绕过地板上摆放的那些陶艺作品——如此小心至极，只因犯有前科——两年前，我独自在家接应一批妻子定制的成品画框上门。框都是大幅特制，我跟工人搭手，一幅幅竖着往客厅内递，家门全程大敞——霹雳被我给忘了，直到它嗖地从里屋狂奔而出，如遭鬼撵，嘶嚎着一溜烟儿冲进楼道，我才反应过来，撒手去追，脚不长眼，踢翻了妻子摆在门口的一尊陶艺，而霹雳早已消失在安全通道中，连上楼还是下楼都没准我看清，从此再没回来。后来我暗自反省，一定是因为当天早晨，霹雳冷不防跳到我的桌上，对着我正在打字的小臂叹气，鼻息浅长，我小臂上的汗毛被撩动到惶惶不安，导致我煞费苦心才构思出来的故事框架顷刻间崩塌，于是我狠狠揍了它——也是我唯一一次揍它。

后来我跟妻子为寻霹雳，特意养成晚饭后下楼遛弯儿的新习惯，就在小区内一圈儿圈儿地兜，跟每一只白色身影的野猫对视，坚持半年仍无果，最终死心，但我俩瘦了好几斤。至于那件被我踢翻的陶艺，偏偏是妻子最心爱的作品，起名《我们仨》，源于杨绛所著同名文集。妻子鲜少看书，那是她最爱的一本。《我们仨》高约两尺，造型细长，一男一女以抽象的身姿彼此纠缠，四手共同托举起一个小孩子，最抢眼的是男女共用一条腿，支点刁钻，摆地上本就悬。真正破碎了的其实是那个孩子，连带女人的右臂断了一截，男人完整幸存。我问过妻子，那个小孩子是男还是女？妻子反问我，你觉得是男是女呢？当时我没回答。作品毁了，妻子并没有真的对我发脾气，只是自那以后，一切莫名生变，只能当是凶兆。说心里话，我一直不觉得那件作品有多出彩，甚至可以说是平平无奇。刚相恋那年，我坐火车去武汉看她，从她领我去美院的研究生室展示自己作品那一刻起，我就认定她是个欠缺才华的艺术家（就这一点而言，我们倒是般配，当然妻子自己可能不这么认为），但这并不妨碍我爱她。研究生毕业，她跟我回老家，登记结婚，第二天便追随我来到北京，携霹雳一道。起先她埋头在家没日没夜地画油画，一年后借钱租场地办了次小型个展，来捧场的都是亲友，唯一售出的一幅画，买主是她同届发迹最早的男同学。妻子灰心过一阵，之后决定改做陶艺，烤箱占据了旧家最大那部分空间，也只够烧些小件，后来还是通过那名男同学介绍，一套作品被某家高级会所购做陈列，才算有了笔收入。会所老板是个长辈，妻子老乡，诚意劝妻子谋生第一，在家开班教小孩子来钱能快，妻子跟我商量过后，把旧家改装成了工作室，开班招生。那两年日子过得，热闹成为一种被动，每天都有七八九岁的小孩子在那个逼仄的空间里乱窜，使我心烦，开始躲去咖啡馆写作。没承想班办开了，学生很快从两三个发展到十几个，偶尔母亲们跟着一起上课，当亲子互动，小六十平再也容不下那么多人跟他们的随堂作业，随着妻子的收入也越来越可观，才动起搬家的念头，想着挺进高档小区，学生的家庭条件更好，学费也敢叫高个台阶。

我躺在北屋的宜家同款单人床上，听见五百米外的四环桥上，接连有大排摩托的引擎声轰隆而过，像一队围猎中的猛兽互打暗号，其间夹杂进一声微弱的求助声，从南屋传过来的，是妻子的声音，她求我去帮她把窗户打开。隔着客厅她说，实在不想动了，不好意思。我一天内第二次走进南屋，妻子不知道什么时候把上衣也脱了，全裸躺在床上。我担心开窗她容易着凉。妻子说，我太热了，一直出汗，受不了了，求你。我只好打开窗——就是那个瞬间，那恶臭第一次跟我发生了正面冲突——酸腐，刺鼻，似有形态，裹挟着这世界全部的污秽与邪祟，迎面将我整个人扑倒，直攻颅腔，呛到我两眼发花，泪水直流，等我再扭头看床上的妻子，她竟哭了起来，更准确说是悲鸣，赤条条仰面朝天，像刚刚被仇人给玷污——到底是心里多阴暗的人，才能想得出如此邪恶的一句修辞安在自己妻子身上？不，这不是我干的，是他妈那恶臭干的，我的邪恶不该算在我头上，再具体一点，应该算在那只死猫身上——月光下，我探出半个身子挂在窗框上，强锁鼻息，把脸贴得不能再近去反复确认——它确确凿凿是一只死猫，一只灰色的死猫，学名应该叫蓝猫——它平躺在空调外机与墙体之间的水泥台上，整个身子已经干瘪，假如不是微张的小嘴里露出两颗尖牙，乍眼看，还以为是一条墩布头。

第五天的早上，妻子离开了，留下我独自面对物业经理 Andy。前一天夜里，我跟妻子吵了一架，分居半年里我们都没有吵过架，当然此前毕竟没有一只散发着恶臭的死猫夹在彼此中间。妻子认为我应该立刻想办法将猫尸清除，比如找把铁锹，一锹铲到楼下，再洒信纳水和消毒液盖味儿。可我偏不干，我坚持保护现场，我要等物业经理还有房东上门来给个说法。我甚至将窗户大敞，任秋风把恶臭请进家中每一个角落，我必须让他们一进门就被熏个大跟头，必须让他们体会到我的愤怒。妻子骂我有病，本来两天后就要在新家重新开课，臭成这德行，孩子跟家长还怎么进屋？如果我不处理，她就回旧家去上课，反正那边还有半个月才到租期，正好还剩全套家伙事儿跟烤箱没搬过来。我无所谓，真的，恶臭，死猫，整件事，都跟妻子没关系了，这是我的事了。我当着妻子的面给物业经理 Andy 打电话，先骂了十来分钟撒气，对方只说太晚了，明天一早就过来，还有死猫他真的不知道，这个房子他带人看过多少次，从来没闻到过恶臭。我想他是真把我当傻子耍了，所以做好了等他来打一架的准备。打电话的十几分钟里，妻子已经收拾好了行李，一个小箱子，她说要走我不怀疑，她从来都是个说到做到的人，我只是真的一点都不在乎，我的心里如今只装得下一只死猫。

可恨 Andy 的脾气太好了，一个二十五岁的男青年，每天的工作就是跑腿儿跟被挑刺儿，脾气怎么可以这样好？他的好脾气令我的愤怒无的放矢，只剩在心里讽刺他的英文名，好像每个在高档小区的物业经理必须起英文名，以前在百子湾住的时候就不是，一水朴实的中文名。Andy 站在空调外机跟水泥台之间的空档里，面戴两层口罩，转身费劲，弯腰用铁锹铲起猫尸，同时对窗户内两手撑开黑塑料袋的我说，哥，你先消消气，回头我再派人来做消毒杀菌，除除味儿，估计得散个几天。气我是消了，却陷入更深的困惑——这只猫为什么死在如此诡异的地方？十七楼，它不可能是爬上来的吧？每层楼的空调外机台都是三面封死的，上层的底等于下层的盖，也不可能是从楼上掉下来的，那就只剩一种可能——猫就是上一个租户养的，从南屋窗户跳出去，被困在空调后的空档里，直到饿死，甚至还有更恐怖的可能——主人虐猫，它是被先杀后抛尸——但又说不通，猫尸看起来已经死了很久，上一个租户自己怎么能忍得了这恶臭呢？Andy 打断我的思路说，哥，把袋子撑好。说罢他翘高锹头，我闭死口鼻，猫尸透过窗户被递到我的眼前，我举起手中的黑塑料袋迎了一把，待其落入袋中，迅速系死。Andy 从窗外爬回屋内，伸手说，给我扔吧，你再消消气，哥。我说，没气了。但我手中提着袋子不交。Andy 愣愣地看着我，我问他，上一家住的什么人？住了几年？Andy 犹豫了一下，说，一对年轻夫妻，跟你岁数差不多，后来离婚了，男的搬出去，女的自己又住了两年。我问，知道这么清楚？Andy 说，我在这片做四年了，哪个明星住几楼几号，我全能背下来，咱这片住了不少明星，你应该也听说过，虽说都不是啥大明星，但狗仔也爱来蹲点儿，还给我塞过钱买人家房号，那事儿咱绝对不能干，有损职业道德，对不，哥？我说，这对夫妻养没养猫你知道吗？Andy 说，真不知道，没事儿我也不往人家里钻，反正搬进来的时候没猫，有两次我带人来修马桶，也没见屋里有猫，离婚以后，我就再没来过，女的也很少出门，是不是后来她自己养的，就不知道了。我说，不太可能，这猫至少也有三四岁了，我养过猫。我掂量着手里的黑塑料袋，像在谴责刚买回来的肉不够秤。Andy 说，可能半路捡的呢，哥，给我吧。我说，你先告诉我，那女的后来搬去哪儿了，我就给你。Andy 说，哥，别难为我了。我说，那我就告房东。Andy 说，房东常年在国外，租房时你连人都没见过，对吧？大事小情都我代办。我说，那我就告你们物业。Andy 说，哥，都处理好了，就别较真了。我说，那女的叫什么，电话，微信，你肯定有，给我，我自己找她。Andy 迟疑片刻，也许是实在扛不住我手中的恶臭逼近，终于吐口，那女的搬对面了。我问，河对面？别墅区？Andy 说，不是，就在你家对面楼，还是这个小区，也是十七楼。我顺着 Andy 手指的方向望去对面，朝南小百米的距离，正对的同一高度，透亮的白色窗帘拉着，我突然恍惚，好像在照镜子。

中午，妻子给我打了一个电话，让我把睡袋给她闪送过去。睡袋是我们刚结婚时计划去登山露营前买的，一次没用过，因为最终没成行，具体原因我已经忘了。妻子问我吃没吃，她自己叫了外卖，螺蛳粉，以前我们都爱吃的那家。我说，死猫已经处理了。妻子没说话。我挂了电话，担心再多说会暴露——Andy 离开后，我一直在喝酒，八罐啤酒下肚，舌头已经僵直。酒是我从对面楼回来时，路过超市买的。早上十点多，我去了对面十七楼那个女人家敲门，没人。Andy 在我的逼问下，告诉了我女人姓陈，最后又莫名其妙地追了一句，长得挺漂亮。我是拎着猫尸去的，走过两栋楼之间那几十米，路过三个保姆，两个遛狗，一个遛小孩。高档小区的住户，狗跟孩子一半都不是亲自遛。三个保姆经过我身边时，全都歪拧鼻子，皱紧眉头，看样子三岁不到的小女孩甚至被臭哭了，因为她的身高刚好跟我手中的黑塑料袋平齐。但奇怪的是，我自己几乎闻不到恶臭了，要么是我的嗅觉已经彻底被它摧毁，要么是我已经真正地跟它融为一体了。于是我突然就想喝酒了。

我酗酒的毛病，是在单身的最后一年里染上的，每天睁眼就开喝，中午昏睡，醒来基本已经天黑，再继续喝到半夜。最严重那两个月，足不出户，成箱买啤酒堆在家里。婚后，妻子对我唯一的要求就是戒酒，我没理由不答应，尽管过程极痛苦，但我没有食言。直到分居以后，我才重新喝起来，但都是在外，没钱天天去酒吧，就在24小时的711买酒坐门口，喝到凌晨回家，不然准保失眠。醉的时候，我总能感受到自己对妻子的爱还在，难以言说，偶尔还会哭。我跟妻子相爱的那个夜晚，在北京一家精酿酒吧，两个人都醉得很离谱，却在目光相交的第一个瞬间回魂。现在我后悔了，假如婚后我没有戒酒就好了。清醒是爱最大的敌人，一对爱人至少有一个应该永远是醉的。

我醉得厉害，躺在南屋妻子的单人床上，一整个下午睡了过去，天照旧黑了。四环的鸣笛声渐稀，不用看时间就猜到已经过了晚高峰，八九点之间。空酒罐夹杂在一地泥塑中间，它们是我的作品，千篇一律，对比之下，妻子跟孩子们的作品突然好看起来。我爬起床，再次站到窗前，对面1701的灯亮起来了，透过窗帘，可以见到有一个女人的身影在四处游移，忙叨的样子像是刚回到家。于是我再次拎起地上的黑塑料袋，忍住头疼出门。出了门我才想起，还没给妻子寄睡袋。

从陈小姐的家，反望我家的窗户，漆黑如洞。陈小姐，是我能想到最礼貌的称呼。我站在陈小姐家的客厅中央，黑塑料袋一直拎在手里，不知道该放哪好。陈小姐给我开门时，表情没有一丝意外，她说猜到我会来，Andy早上打过电话，讲了大概。陈小姐的平静反倒令我措手不及，憋了一肚子的愤怒跟疑问全都吐不出来。Andy没有夸张，陈小姐确实很漂亮，而且是素颜看上去就很漂亮，身上套一件白色高领毛衫，牛仔裤，光脚。陈小姐说，坐吧。我坐进沙发里，贴一边，黑塑料袋摊在腿上。客厅里的家具很简单，但衣服散落各处，显得很乱。陈小姐从厨房拿来一罐可乐递给我，自己盘腿坐在地上，说，你喝酒了？我点头。陈小姐又说，没想到你把它也带来了。我说，闻到臭了吧？陈小姐摇头，说，只闻到你身上的酒味。我说，不可能。我甚至想要当场把袋子打开，把死猫扔到她的面前，可是面对一个女人，一个漂亮女人，我还是怯懦了。我问，所以你承认猫是你的？陈小姐说，不是，不过我一直都知道它的存在，两年了，但我可以跟它和平共处，所以从来没觉得它臭。我发现它的那天，就是我离婚的第二天。我的怒火重新被点燃，高声说，你撒谎，这只猫只可能是从窗户跳出去的，或者就是你把它扔在那里的，活活把它饿死！因为你对它烦了，厌了，看不顺眼了，心理扭曲，你折磨它，遗弃它，你享受整个过程，它被困在那里一定会叫，会哀号，会求救，你不可能不知道它就在那里，但你就是假装听不见，你眼睁睁看着它一天天一点点地死掉，你为什么还不承认？这就是你的猫！你谋杀了你的猫！

许久，陈小姐都没有再说话。我胸膛鼓着，上气不接下气，最终没忍住，把黑塑料袋甩在她面前的地板上。陈小姐盯着看了一会儿，伸手解开了袋子，动作轻柔。她的手指纤细，修长，很像我妻子的手。她朝袋子里看了一眼，随后站起身，活动两下腿，说，你跟我来。她手中提着袋子，转身走进南屋。我不明白她的举动是何意，但我清楚这套房子的结构，南屋是主卧，自带浴室，当她的声音伴着回音再传回客厅，我就知道她在浴室里。你过来。那个声音说。不懂为何，我的身子乖乖听从指挥，就像我自己笔下那些没有灵魂的角色一样，前脚拖着后脚，一步步走进了南屋，走进了浴室，眼见的是，那只死去的蓝猫正侧躺在浴缸里，保持我刚刚发现它时的身姿——我不是色盲，可其实我一直都不理解一个问题——为什么明明是灰色的毛，却叫蓝猫？我的妻子，一个画家，一个颜色的专家，曾经也被我问住，至今也没人回答我这个问题。陈小姐没说话，拧开水阀，调配了一下冷热水，握着花洒朝死猫身上淋。她说，它是你的猫啊。我的脑袋轰隆一声爆炸，瞬时间说不出话来，机械地接过陈小姐递到我手中的花洒，继续清洗起死猫。猫一动不动，身上的灰色却追随水流潺潺地淌入下水槽中，它正在一斑斑，一块块地现出底色——它是一只白猫，白得惨黯。不知何时，陈小姐关闭了水阀，一只湿漉漉的白猫，安静地躺在浴缸里，仿如刚刚历经了一场狂奔后在休憩。陈小姐说，它等了你两年，你再认认它。我浑身颤抖着，弯下腰，双手捧起它的脸，微微扭向我的脸，就在它紧闭的双眼之间，鼻头以上，一道闪电劈向我。我听见一个女声在我的耳边轻柔地说，它一直在等你，可惜来得太早了。

这一刻，对面楼的1701，那个我跟妻子租来的家中，并无一个身影能像小区里其他即将入睡的大人小孩那般真切地听到，从某一间浴室里传出的这声恫吓心肺的号哭。这声号哭的余音，跌跌宕宕地回响在小区内，后穿过楼，翻过街，跃过一条河，隐姓埋名作四环桥上的鸣笛。在这片方圆两里的万家灯火间，幸福必须仰仗这声令人不寒而栗的号哭，方能维系它的名誉。幸福它配不上我。

森中有林

一、黄鹂

两只黄鹂被吕新开从粘鸟网上摘下来，是清明节前一天，也是爹妈忌日。要不是日子赶得寸，他也不至于往深想，他想，这对黄鹂是爹妈化身的，不然咋这么巧是一公一母？铁定是惦记自己了，特意过来瞅一眼，索性对俩小玩意儿叨咕句，上班了，挺好的，放心吧。那只母的竟然应了一声，音儿瘪得能听出来饿不少天了——鲜有人比吕新开更懂鸟——黑枕黄鹂，母的眉羽比公的长，黑亮亮一绺儿朝后挑，像女人描眉哆嗦手了。来机场上班四个月，麻雀、乌鸦、杜鹃、野鸽、山雀、红隼、夜鹰，吕新开摘了个遍，从没如此金贵过谁，下手比绣花都细，生怕折了哪只膀子，愣在网前耗了半个钟头。他后悔犯懒没披大衣出来，给风打个透。四月都出头了，沈阳还刮西北风。

吕新开呵里呵哧地回到办公室，倒是没让两只黄鹂冻着，一边裤兜儿揣一只，掌心搓热当被裹着。已经八点半，大李刚早饭还没吃完，半缸大米粥吸溜儿一早晨了；小李刚不知道搁哪儿弄来根红绳，正往一颗空弹壳屁股上绑，手笨，一直脱扣，嘴里骂骂咧咧。办公室一共就他仨人，俩同名同姓，大李刚三十六，小李刚二十二，长得还连相，都是团团脸，绿豆眼，吕新开刚上班那会儿，以为亲哥俩呢。四个月前，吕新开第一次走进屋，那鼻子霉味儿从此挥之不去——与其称办公室，不如叫储物间，撑死就十平米，还在半地下，刨去一个储物柜，两张桌子，一张行军床，连并排过俩人的地方都匀不出。吕新开双手插兜儿，站在原地转圈儿寻摸。小李刚问，找啥呢？吕新开装听不见，本来就不爱搭理他，这人嘴欠，比自己小两岁，仗着十七岁就上班，在机场也算老人儿了，开玩笑没大没小，上个月俩人差点儿动手，亏大李刚拉架，拽吕新开进走廊劝，别跟小逼崽子一般见识。小李刚又问，卵子落屋里了？吕新开问，昨天分那箱苹果呢？这句是问大李刚的。大李刚说，全烂的，扔了。吕新开问，纸壳箱呢？大李刚说，都搁门口呢。吕新开来到走廊，端起那箱烂苹果，去厕所倒进垃圾桶里，再回来的时候，空纸箱就做了两只黄鹂的新家。他用透明胶带封了箱顶，再拿钥匙捅出两排窟窿眼儿，装修完毕。两只黄鹂对临建房应该是挺满意，几声脆叫打窟窿里传出，底气明显比刚才足不少。小李刚暂停手中活计，啥玩意儿啊？吕新开说，鸟。小李刚说，废话，我问你啥鸟？吕新开眼皮都懒得抬，声更低说，黄鹂。小李刚问，多大？有肉吗？吕新开这才抬头，拿防贼的眼神回瞪，清楚这小子不是开玩笑。平时小李刚打的鸟，基本被他带回家吃了，猫头鹰都他妈敢下嘴，炖了锅汤，第二天还把剩的装保温瓶带办公室来，问谁想尝尝。大李刚拣了饭勺里剩的几粒米，来吕新开身边蹲下，顺窟窿眼儿一粒粒塞进去，打算在这儿养？吕新开说，带回家。大李刚说，黄鹂叫得好听，但不好养。吕新开自言自语，两个黄鹂鸣翠柳，下句啥来着？大李刚说，我初中文凭。吕新开说，小学课本里的，说啥想不起来了。小李刚说，两个黄鹂鸣翠柳，我跟你妈交杯酒。——捅完句屁磕儿，自己咯咯乐。吕新开忍无可忍，刚要开骂。大李刚又说，小时候没好好学习，现在后老悔了。说罢碰碰吕新开胳膊，挤了个眼，意思算了。吕新开合计也算了，他不想跟任何人置气，至少今天不想。小李刚没皮没脸，还接话，当初好好学习，现在又能咋的？大李刚说，不咋的，起码分苹果不至于总轮到烂的。小李刚哼了一声，将红绳套进脖子，黄铜色的弹壳在胸前晃晃着——跟个二逼似的。吕新开心说。

坐单位班车从机场回到大西菜行时是五点。纸壳箱一路被吕新开捧在腿上，两只黄鹂挺懂事，一声没吭，省了麻烦。吕新开主要是嫌跟同事搭话麻烦，平时坐班车，不管困不困他都装睡，没别的，就是懒，懒得记那么多人名。进屋五点多，大勺里有前天炖的豆角，剩个底子，点火热了热，半个凉馒头掰开泡汤，对付一口就出门了。

天开始长了，但冷还是冷。彩塔夜市上个月已经陆续出摊儿，更多的厂子开始不管饭了，夜市反倒更热闹了。把北头第一家是个铁亭炸串，哈喇油爆面包糠的香，还是把吕新开给勾过去了。炸串这玩意儿，吕新开打搬来沈阳那年第一次吃，就上瘾了。小时候在山里跟县城，从没尝过这口。甜酱跟辣酱分装两盘，自己上手刷。吕新开最爱炸鸡排，先滚一圈儿甜酱，再蘸单面辣酱，合他咸淡。俩大鸡排下肚，才算见点儿饱。再往前走，是家游戏厅，偶尔兴起，他也钻进去找人掐两把街霸，今天没工夫，他赶着去再前面一家杂货店，那家关门早，夜市开摆，一家三口就锁门吃饭，因为地摊儿卖的东西更便宜，所以只做白天生意。吕新开家里的锅碗瓢盆不少都是从他家买的，之前去的时候，他记得见过鸟笼子。

赶上老板正要上锁，吕新开进门了。他没记错，指着收银台后面堆在最顶的鸟笼子问，那个多钱？老板说，那个不卖。吕新开说，摆那儿不卖，啥意思呢？老板说，我以前养了只八哥，死好几年了，跟笼子都有感情。吕新开问，八哥咋死的？老板说，话说太多累死的，逮个人进门都得显摆两句，伤元气了。吕新开说，闲着浪费，我要。老板说，五十。吕新开说，二十。老板说，三十。吕新开说，破不锈钢，又不是竹子的，二十五。老板装一脸不情愿，收下钱，鸟笼子交给吕新开，你养的啥鸟？吕新开说，黄鹂。老板问，单蹦儿还是对儿？吕新开说，对儿。老板说，对儿好，不寂寞，黄鹂就得养对儿。吕新开说，两个黄鹂鸣翠柳。老板瞅他一眼，还买别的吗？不买我锁门了。

再回到彩塔街上，天黑利索了。向西的丁字路口，有人烧纸，两团火焰一左一右地蹿动，好像黑夜在对自己眨眼——原本是回家该走的近路，眼见大风卷起烧正旺的黄纸在半空中盘旋，他想起爷爷说过，那是孤魂野鬼在抢钱，突然犯了咯硬，随即掉头，继续往夜市南口走，宁可绕远。出了南口再往东，就是青年大街，也是从市区直通机场的主干道，吕新开每天坐班车来去的必经之路。自打年后开始动迁，整条街一天一个景，全程二十来公里，不是扒房、挖沟、埋管，就是栽树、架灯，没一段囫囵路，报纸上管这叫金廊工程。吕新开提着鸟笼子，沿青年大街慢下脚步，周边的拆迁户也出来摆摊儿了，夜市挤不进去，只能沿南运河排一长溜儿。吕新开有一搭没一搭地转悠，想寻摸俩小盅，回去给鸟盛水跟食儿。眼瞅快逛到头儿了，肚子突然闹起来，一阵阵疼，感觉要窜稀，反思一下，问题不应该出在炸鸡排上，不干不净吃了没病，估计是给凉馒头拔着了，要不就是早上让风吹着肚脐眼了。他赶紧加快脚步往家拐，还没出几步，拦路一个八九岁的小男孩坐在地上撒泼，挨了他妈两手锤，说啥就不起来。吕新开路过一瞅，原来是为个玩具气枪走不动道儿了——来复式，一比一，他自己早就想买一杆来练手，说不上为啥，忽就犯起撩闲的心，摊儿主是个大姐，吕新开故意提高嗓门问多钱，大姐张口三十。他急屎，没心思讲价，甩下钱，拎枪要走，被大姐叫住，非送子弹，钢弹跟塑料弹都有，选一个，吕新开抓起一包钢弹蹽了，塑料还玩儿啥意思？他离开时，听身后那孩子快哭抽抽了。

吕新开一路小跑到家，左手鸟笼右手长枪，冲上楼，奔厕所，总算没在最后一刻失守。一泡拉完，才把两只黄鹂搁笼子里安顿好，第二泡又来了，这回肚子疼得他一脑门儿汗，再出来时，腿都快站不住了，直接在沙发上卧倒，盖上毯子，看眼表，快八点了，随后迷迷糊糊地就睡着了。

他又梦见了嘎春河，明闪闪的河水，从两岸的山杨林跟白桦林之间蜿蜒而过，到了夜里还会发光。嘎春河从松花江来，途经新开农场的一段并不深。五岁前，爷爷常领吕新开去河里摸鱼，有时也拎火枪去打野鸭。五岁后，吕新开就敢自己去河边了，不一定非摸鱼，夏天光泡泡脚图个凉快，爷爷也管不过来。那一场山火过后，爷爷比从前更难了，要养活孙子，每天还得坚持进山巡逻。爷爷去世后的这些年里，每次吕新开梦回嘎春河，都是以那场山火收场，梦中的一切都被烧成了红色，连河水都是通红。儿时一起长大的小伙伴们，从头到脚冒着烟，散落在又高又密的落叶松林中，隔着河水冲他招手，吕新开从不敢越过去，即便他清楚那是梦。

从沙发上醒来时，吕新开又钻了趟厕所，肚子没那么疼了，出来时感觉都瘦了一圈儿，晕晕乎乎，可能是发烧了，从茶几抽屉里翻出半盒扑热息痛，还没过期，咽了一片，打算回床上睡，听见窗外又传来乒里乓啷的空酒瓶子撞响，不用看表就知道，半夜十二点过了——街对面那家烧烤店关门的时间。一箱箱空酒瓶往门口摞，女服务员下手狠得像抛尸，天天陪一帮酒蒙子熬夜，就指这阵儿撒闷气呢。今天门口没人打架骂娘，已经算消停了。吕新开来到窗前，望着那摞酒箱子，又是一人高的红色，抽冷就起了恨意，其实早都恨了好几个月了，灵感突如其来，拎过那把气枪，上好钢弹，拉开窗，架稳，瞄准最顶的红箱，目测直线距离不到五十米。吕新开收紧鼻息，扣扳机，只听街角一声炸响，碎玻璃碴子从镂空的箱中飞散到地面，月光捅了翡翠窝。女服务员奔出来，顿时蒙了，扫视一周，更蒙了，立马躲回店里，今晚肯定是不敢再折腾了。吕新开在心里正乐呢，感觉烧都退了一大半。他妈的，上网摘鸟都四个月了，到现在小李刚还霸着那杆单管猎不让他使，老子七八岁就跟着爷爷摸枪，五十米开外给你俩卵子穿串儿，埋汰谁不会使枪？吕新开一边乐一边上膛，这把瞄的是正数第二箱最中间那瓶，直接扣扳机，霎时间，一声惨叫盖过酒瓶子的炸裂声——刚刚一辆倒骑驴不知打哪儿冒出来——只见一个男人紧捂右眼，从车座上翻落在地。

这回轮到吕新开蒙了。

接下来的两天，有警察在临街几栋楼里挨家敲门，正好赶周末，人都在家。吕新开知道出事儿了，把枪藏在床底下，终于还是等来了警察。简单寻访，更像查户口，临街至少三五十户，感觉也难问出个所以然来。心虚肯定是虚，吕新开跟警察反打听，人咋样儿了？那天半夜是听着救护车叫了，没出人命吧？年轻那个警察说，在四院眼科呢，八成瞎了。吕新开嘀咕，没出人命就行。年轻警察说，多他妈倒霉，一个收酒瓶子的，得罪谁了也不知道。老警察瞅瞅小年轻，意思话多了，俩人就上楼敲门了。吕新开关上门，还没缓过神儿，大李刚的电话就打进来，问他啥时候上班，礼拜六都替他值一天班了，病假还要请到哪天。大李刚会说话，他说的是领导不乐意了。吕新开合计一下，说，明天就回去。挂掉电话，他坐回沙发，发会儿愣，听见两只黄鹂在阳台叫，起身去给填了一撮小米，这两天一直拿雪碧瓶盖凑合盛着。吕新开观察这俩小玩意儿，明显都胖出一圈儿，毛色渐显嫩黄，又琢磨了一阵，终于下定决心出门。

下午两点半，吕新开打车到四院，下车后在对面的建行取了一千块钱，工资卡里就攒下这些。穿过门诊，上二楼，拉住院部的护士打听，赶上一个好说话的，告诉他，前两天半夜是收了一个男的，眼睛让玻璃碴子给崩了，查了一下登记，在 407 病房，叫廉加海。

上四楼的时候，吕新开腿肚子攥筋了，从小到大都没惹过这么大祸，关键是心里绞得慌，人家一个收酒瓶子的，本来就不容易，凭啥挨这一遭？真要瞎了，往后可咋办？登记上写了，廉加海，四十六岁，正是一家之主，顶梁柱的年纪。吕新开楼梯也没力气爬了，干脆坐在台阶上缓缓，竟有点儿委屈。这两天他一直找借口安慰自己，找来找去，唯一说得过去的借口，就是自己当时烧糊涂了。坐了能有十分钟，直到打扫卫生的拖地撵他，吕新开才憋足一口气，站起身朝 407 走。

在病房门口，吕新开听见屋里传来单田芳的动静，《三侠五义》。走进去，病房一共三张床，中间那张空着，挨门口的床上躺着一个大高个儿，双眼裹一圈儿纱布，应该在睡觉。最里面挨窗那张，一个男人靠着枕头被褥坐，听半导体的也是他。这人面色黝黑，剃平头，脖子短粗，右眼贴一块方纱布，应该是廉加海没错了——乍看可不止四十六岁，像个小老头儿。吕新开走上前，廉加海扭脸看他，俩人半天谁也没说话，廉加海先是关掉了半导体，随后左眼越睁越大，好像在对吕新开说，我猜到你是谁了。吕新开掏出那一千块钱，放在床头柜上，才开口，大叔，对不起，我叫吕新开，我来认错的。你眼睛是我打的。廉加海说，我眼睛是酒瓶子崩的。吕新开说，酒瓶子是我打的，拿气枪。廉加海眨了眨左眼，说，你挺准啊。吕新开无言。廉加海又说，坐吧。

吕新开原本打算，先找受害者认错，再去派出所自首，心安排在理得前边。来的路上，他假想过好几种画面：家属讹他一笔，揍他一顿，这都能接受，最怕还是丢工作，万一赶上子女不是善茬儿，再叫个记者来曝光，上把早间新闻，人也一起丢了——但他说啥也没想到，自己被廉加海摁住扯了一下午家常，人家还给他扒了个橘子，吕新开觉着不可思议，橘子瓣儿送进嘴前还顿了两秒，怀疑是不是被下了毒，可转念又在脑子里扇自己嘴巴，真他妈小人之心，我是碰上活菩萨了吧？廉加海对他说，事儿都已经出了，历史不能倒退，你敢主动找我来，就能说明不是个坏孩子。你多大了？吕新开说，二十三。廉加海说，七四年的，属虎？吕新开说，对，大叔脑袋挺快。廉加海说，我女儿跟你同岁，也属虎，十月份的，你几月？吕新开说，我四月底。廉加海说，大半岁，独生子女？吕新开说，对。廉加海说，嗯，我女儿也是。在哪儿上班？吕新开说，在机场。廉加海说，飞行员啊？吕新开说，驱鸟员，在地面活动。廉加海说，这工作挺有意思，我有个战友以前跟你是同行，平时打鸟用啥枪？吕新开说，大叔，那天晚上我就想拿气枪练练手，真的，我对不起你。吕新开说着，鼻酸突然止不住，眼泪落下两行，起身给廉加海鞠了一大躬，头沉下去就不起来，更嫌自己丢人，这些年想爷爷的时候都没哭过。廉加海说，坐吧，孩子，坐吧。吕新开抹一把眼泪鼻涕，又在空床搭边儿坐下。廉加海又问，你爸哪年的？吕新开说，五二的。廉加海说，我大你爸一岁，论起来你得叫大爷。吕新开改口，大爷。廉加海说，父母做啥工作？吕新开说，爹妈都没了。廉加海说，咋没这么早？吕新开说，我四岁那年，一场山火烧死的，俩人一起。廉加海叹了口重气，接不下去话。吕新开继续说，我不是沈阳人，我家在黑龙江农村，一个叫新开农场的地方，挨着大兴安岭，我是爷爷带大的，我爷爷是护林员。我去县城上高中那年，爷爷也没了，打那以后我就我自己，一直都我自己。廉加海边听，手上又扒好一个橘子，递上说，这些年没少受委屈吧，孩子。吕新开一愣，突然又开始哭，一直哭，没完没了。

吕新开离开四院时，正落太阳。他坐在公交车里，心踏实不少。窗敞着，风灌进来吹干脸上泪痕，凉飕飕，感觉像刚洗了个透澡，从里懈到外，闭眼能睡着。来沈阳第五年了，五年里，吕新开没跟任何人说过这么多话，还都是陈年积压的旧话，搁心里再憋下去可能会变质、发霉、长毛的话——抖搂一个干净，吕新开觉得自己像一个新生儿，一只才破壳的雏鸟。吕新开听了廉加海劝，没去自首，毕竟也没人报案，就算哪天警察真找上门，廉加海也向他保证，不追究责任。不过廉加海有个条件，吕新开必须每天下班去陪他说话，一直到出院，去了还得给他带两只一手店的猪爪，就爱啃猪爪。吕新开都应下了。不过那一千块钱留在床头柜上，他手里不剩钱了，下个月开工资还得等俩礼拜，只能先跟大李刚借点儿。夕阳的余温洒上身，稍有了些暖意。吕新开心里捋着未来几天的大事小情，眼皮渐渐贴在了一起。

吕新开睡过了，下车往回走两站。他挺喜欢住大西菜行的，热闹，有人气儿。房子是大姨留下的，套间，铝镁设计院分的宿舍，借给他住。大姨去海南以前，钥匙留给吕新开，说就当替她看房子。在此之前，吕新开在航空职业技术学校住了三年宿舍。大专文凭是他到沈阳后，大姨逼着他考的。备考那半年，他就睡在大姨家的沙发上，那时候大姨父已经先一步去了海南。最开始吕新开不乐意再念书了，被大姨硬拽着辅导了一个月，后来居然慢慢就上道儿了。收到录取通知书的当天，大姨破天荒夸了吕新开一句：我早就看出来，你智商随我们老刘家了，没随他们那一家子农村人，长相也没随——大姨就是那么个人，一句好话都能叫她说得硌牙。吕新开跟大姨不亲，绝对跟这有关，哪怕俩人是彼此在刘家最后的亲人。搬来沈阳之前，他跟大姨只见过一面，还是他七八岁的时候，大姨来新开农场给自己妹妹上坟，火车两天一宿来，两天一宿回，住都没住。可能也因为爷爷根本不招待，躲山里连面儿都没露，上坟还是吕新开领着大姨去的。总之吕新开那时候就看明白，两家指定有啥大矛盾。刘家姊妹两个，姥爷跟姥姥据说是知识分子，以前在沈阳的大学教书，八十年代末就先后病死了，大姨后来对吕新开说，就是让你妈给气死的。他在沙发里备考那半年，跟大姨每天也说不上几句话。大姨没孩子，男人又不在身边，每天下班回到家，吃完饭就钻进屋里看书，要不就是趴小书桌上画图，反正除了上厕所都不出来。这样的日子，后来总算在吕新开的点灯熬油下结束了，开学前三天，他就迫不及待搬进了学校宿舍，连寒暑假都不回来，除非赶上年节，回来跟大姨吃顿饭，有两年的年三十，大姨去海南过的，他就买饺子自己回宿舍吃。他合计，这样挺好，应该也合大姨的意，他俩都是不爱欠别人的人。

进了门，吕新开先给两只黄鹂倒了水，自己煮了袋方便面，站着几口吃完，洗澡的劲儿都不剩了。眼科医院应该没啥传染病，直接上床，沾枕头就着了。路上就预感，今天晚上应该能睡个安稳觉，不过在睡着前的一刻，吕新开的脑袋里最后冒出一个感想——这要是他自己的房子该多好。

第二天去病房看廉加海时，吕新开不光带了猪爪，还有俩鸡架，半斤熏鹌鹑蛋，外加一袋拌腐竹。廉加海心情不错，开玩笑说，这几个菜不整半斤，真挺白瞎。吕新开说，要不是护士看得紧，我真就给你带酒了。廉加海问，你喝酒吗？吕新开说，滴酒不沾。廉加海说，难得。本来吕新开还有后半句：最他妈烦酒蒙子，话到嘴边还是忍住了，他见廉加海胃口一天比一天好，心反倒揪揪起来——刚进屋时，正赶上护士换药，廉加海的右眼眶里血刺呼啦，他扭头没敢多看。护士还说，今晚能确定下次手术时间，叫家属来签字。护士走后，吕新开哆嗦着问，大爷，眼睛还能保住不？廉加海说，刚进来时候说能保住，现在又说够呛了，做最坏打算呗。吕新开问，最坏打算是啥？廉加海说，摘除，装个狗眼睛。吕新开感觉喉咙被一大口口水给卡住，连吞了两下，才说出话来，大爷，手术费得多钱？砸锅卖铁我出。廉加海摇摇头，用不着你，我有医保，本来有，等我出院就去要。吕新开没太听明白。廉加海把猪爪放下，说，你真当我是收破烂儿的了吧？吕新开说，你说有时候也送嘎斯罐。廉加海说，那都不是我本职工作，我本职工作没跟你提过吗？吕新开好奇了，没有，大爷你到底干啥的？廉加海说，我是警察，狱警。他瞧出来吕新开不信，又说，我的警官证就在那夹克里怀兜儿，你自己翻。吕新开说，不用了，我信。大爷，那你不上班，收啥酒瓶子啊？廉加海说，这个问题说来话长，前年我被下岗了。吕新开又糊涂了，警察咋还能下岗呢？别逗了。廉加海说，是被人顶包了，劳改局的领导贪污，把我们八十二个转干的指标给卖了，一个卖五万，逼我们下岗。吕新开嘀咕，还有这事儿？廉加海拿起猪爪继续啃，说，都告他两年了，等出院我接着告，告赢那天，医保都得给我补回来，这两年去药房买盒板蓝根我都留单子。

第三天傍晚，吕新开拎着猪爪进屋时，中间那张空床上坐着一个年轻女孩，扎一根马尾，腰绷得溜直，两只手扣在膝盖上，像个乖学生。吕新开走近了，那女孩一歪头，起身就要走，跟故意躲他似的，打他身边晃过时，瞥见个侧脸，吕新开也没好意思多看，转跟廉加海打招呼，我来了，大爷。廉加海点头，冲女孩说，再坐会儿啊。女孩也没应声，像在怄气，但离开的脚步很慢，趿拉鞋底走路。廉加海主动接过猪爪，叹气说，大了，也管不了。吕新开说，你女儿吧？廉加海说，是不是看不太出来？得亏长相没随我，随她妈了，她妈白。吕新开不知道该怎么接话，没吭声，坐上空床，屁股底下还有女孩的体温。廉加海把猪爪放一边，盯着吕新开看了一会儿，你有对象了吗？吕新开说，没有。廉加海又问，你觉得我女儿长得咋样儿？此话一出，吕新开就明白啥意思了，但他闹不明白这小老头儿心里盘算啥呢，咋就盯上他了？他是农村出身的孤儿，一月挣一千块钱不到，图他啥呢？再说这又算啥？我欠你只眼睛，你搭我个女儿，没听过这思路啊。吕新开左右想不通，把半导体给拧开，故意小声说，长啥样儿没太看清啊。廉加海把半导体又给关了，说，要不我明天再给她叫来，你俩多坐会儿。吕新开瞅意思是绕不开这话头了，干脆挑明吧，大爷你到底啥意思？廉加海说，我觉得你俩挺合适。吕新开琢磨着必须接招儿了，掰手指头说，我属虎，她也属虎，是吧？廉加海说，没错。吕新开说，我爷爷说过，二虎相争必有一伤，不合适。廉加海说，咱别扯那封建迷信的，我是党员。吕新开打偏了，心说早知道有这一出，刚才就该撒谎说有对象了。廉加海乘胜追击，说，小吕，你别以为我是心血来潮，我是真看上你这个孩子了，你是个善良孩子，我女儿也是，你俩适合，真的。吕新开换路子开始服软，说，大爷，我配不上你家。廉加海两腿一盘，倾前身子，说，可别这么说，都是平头百姓。没有人是完美无缺的，对不对？多少都有自己的小缺陷，大爷拿你举个例子，你这孩子，性子挺急，还有点儿鲁莽，这算缺陷，但是你敢作敢当，说话算话，心思也细，这都是优点，一个人优点只要盖过缺陷，那总体就是一个好人，对不对？吕新开点头，这话没错。廉加海接着说，我女儿，优点也很突出，孝顺，懂事，还聪明，打小学习就好，长得也不赖，挺禁端详的。吕新开敷衍说，看得出来。但廉加海突然不往下说了，左眼也开始游离——吕新开发现，人俩眼睛少了一只打配合，心思果然更容易暴露。他忍不住追问，那缺陷呢？廉加海支支吾吾，啊，啊。吕新开重新占领高地，不依不饶了，接着说啊大爷。廉加海干脆低了头，把两只猪爪从塑料袋里掏出来，对吕新开说，今天一人一只，你陪我啃。

俩人算是不欢而散，等公交的时候，吕新开越想越憋气。难怪那女孩走路蹭着地走，敢情是瞎子！双目视力一个 0.02，一个 0.03，廉加海说得好听，不是全盲——那叫缺陷吗？那叫残疾！亏自己当初还怕被人讹钱，原来人家要讹你一辈子，还不敌讹钱呢，钱起码有数儿。吕新开心里发狠，挖只眼赔他都认了，瞧不起谁呢，自己就算再穷再不济，这辈子也不可能娶个残疾人回家。

吕新开气得饱饱的，到家也没心情吃饭，第一件事就是进屋从床底下拽出那杆气枪，进阳台拿锤子叮咣一通砸，惊得那两只黄鹂在笼子里上蹿下跳。劈成两截儿的枪杆，攥在吕新开双手中，他才算冷静了点儿，想想也不知道这是冲廉加海还是冲自己。屋里电话响。吕新开进屋一接，火又蹿回来——还他妈追家来了！当初廉加海跟自己要座机号的时候，还寻思对方是怕他跑，该给，不避讳。哪承想全是阴谋啊，老东西道行太深了。吕新开张口就急了，你手术到底要多钱？我全赔，连手术加医药费，你都算清楚，半年还不起我还一年，一年还不起我还两年，你还想咋的！电话那边喘了一阵，廉加海才说，我为打个电话爬了好几层楼，你等我歇口气儿。吕新开不耐烦，有话赶紧的。廉加海说，我在你夹克兜儿里揣了封信，你好好看一下。护士叫我了，我回去了。

小吕同志：

你好。本人廉加海，当兵出身，也是党员。我对党对天向你保证，以下绝无半句戏言：

1. 我女廉婕，家教严格，洁身自好。若你二人结合，你就是她第一个男人。

2. 我女廉婕，外冷内热，知恩图报。若你二人结合，只要你不负她，她定不负你。

3. 本人离异多年，与前妻无财产纠纷，外债已清，名下有房产一处，现与我女廉婕同住，若你二人结合，登记之日即可将名下房产过户于你，作婚房相赠。本人迁出，绝不打扰。

廉加海

1997 年 4 月 7 日

信纸上的题头是“沈阳市第四人民医院”。吕新开倒推了一下，敢情他第二次从病房回来，这封信就写好了。吕新开将信铺在小书桌上，捋了捋折痕，顺手拿镇尺压上，大姨以前画图用的。随后他又出了门，打车回了四院。

进到病房，吕新开没有再坐中间的空床，直接坐上了廉加海的床尾。廉加海面朝墙侧卧着，左眼压在枕头里，也不知道是睁着还是睡着呢。吕新开坐的方向对门，只有头顶一根灯管还亮着，才发现第一张床的大高个儿应该是出院了，病房里就剩他们俩人。吕新开假装回头看天，其实在偷偷观察廉加海。窗外夜色淡蓝，大风天把夜空多吹出了几颗星星，就在此肃静一刻，半导体的声音突然响起来，由小渐大，这回是刘兰芳的《杨家将》。原来廉加海没睡，拧开了半导体，又把手收回枕头底下垫着。俩人就那么一声不吭地听完了一整段，直到插播广告了才开口说话。吕新开说，大个儿出院了啊。廉加海说，是个消防员，伤得不重，眼睛保住了，刚才老婆给接回家养去了。吕新开问，再手术时间定了吗？廉加海说，后天早上。吕新开说，我请假过来。廉加海说，不用。吕新开说，我给你扒个橘子啊。廉加海说，大夫让少吃橘子，上火。吕新开说，那我明天给你买点儿桃罐头。廉加海说，明天你别来了。吕新开说，大爷，今天是我不对，脾气又急了，不该那么跟你说话。廉加海翻过身来平躺，左眼仰视吕新开，说，明天下班，你跟小婕俩见一面吧，小婕都同意了。吕新开点点头，去哪见？廉加海说，太原街的京九快餐，知道不？吕新开说，知道，没吃过。廉加海说，明晚六点。吕新开说，行。廉加海靠起身来，从床头柜里变出那一千块钱，夹在一本《知音》里，平平整整。廉加海说，钱拿回去，你俩吃饭逛街使。

四月九号。礼拜三。早上一进办公室，吕新开先还大李刚四百块钱，又多给了五十，就当之前替自己值班的感谢费。大李刚嘴上说不用，手还是接了。九点半，小李刚才进屋，脖子上不挎弹壳了，换了条真金的链子。吕新开说，迟到了。小李刚说，我比你来得早，刚在食堂吃饭呢，咋的？吕新开说，你咋不连中午饭一块吃了呢。小李刚说，关你鸡毛事儿啊？你前两天还没来呢。吕新开说，我请假了，大李刚替我班。小李刚说，是不欠削了？吕新开说，就是故意找碴儿，单挑你是个儿吗？小李刚说，臭他妈农村人，咱俩出去。小李刚瞄大李刚一眼，见这把没有要拉架的意思，硬着头皮扭身进走廊了。吕新开跟出去，小李刚还要往出走，被吕新开叫住，就这儿吧。没等小李刚反应过来，吕新开从身后一个大脖搂子将他放倒在地，紧跟泰山压顶，膝盖死死顶压对方胸口。小李刚根本上不来气，只听身上泰山冲自己吼，以后少跟我装逼听着没！小李刚嗯。往后摘网子我一天你一天，打鸟你一天我一天，好使不？小李刚嗯。当泰山从自己胸口移走时，小李刚才发现大李刚正倚门口看热闹呢，他的目光随后被一片裤裆遮住，瞪眼见吕新开从自己头顶跨过，一路出了走廊。

吕新开走上空地，头顶的天空是墙灰白。报着有小雨，看样子下不成，也不影响正常飞行。虽然在机场上班，但吕新开很少抬头看飞机，更没坐过，他只是单纯地不喜欢飞机，对飞行也没有向往。他更享受跟风景平起平坐，讨厌居高临下。他爱坐火车，最好是能睡上一两宿的长途卧铺，大觉接小觉地睡，醒来也不知道在哪儿的感觉最美。曾经他坐了两天一宿的火车来到沈阳。曾经他的大姨也是坐着那趟车，反方向从沈阳去大兴安岭给自己的妹妹上坟。二十多年前，母亲也曾坐过某一班火车，也或许坐的是长途汽车或者卡车——吕新开突然就想家了，想自己在大山里的那个家。

青年大街的路越挖越宽，越来越难走，班车到大西菜行已经五点半。吕新开飞奔进家，换了身体面衣服，皮夹克是当年妈妈从沈阳就带过去的，收腰蝙蝠袖，是男款，他印象中妈妈常年爱穿男装。等他打车到了太原街，已经六点过十分了。吕新开心里挺愧疚，让人家女孩等自己，不地道，何况人家身体本来就不方便。小跑到地方，他突然又不敢进了，躲在路旁的一棵银杏树后，扫一眼，就发现了挨着玻璃窗坐的廉婕，还是扎个马尾，灰格子衬衫，牛仔裤，白旅游鞋，还是规规矩矩坐在那，腰板绷得直，面前只摆了一杯可乐，半天才喝一口。隔这个距离看，完全看不出来眼睛有什么不一样，没戴墨镜，也正常眨，文文静静一个姑娘。吕新开合计，毕竟还是跟一般人有区别，五米距离应该还是发现不了自己，干脆从树后面绕出来，走近两步继续站那看。他感觉自己这样不道德，甚至是下流，但他又挺爱观察她那些小动作——一会儿拢拢头发，一会儿紧紧领子，每隔几分钟就把手腕上的电子表凑近耳朵，应该是听报时，直到看见她又一次听完报时，起身抻抻衣角，准备要走了，吕新开才看眼自己的表，都六点半了，但他仍然没挪窝儿，目光追着她从门口出来，下台阶很小心，先用前脚掌试探，后脚跟才敢落实，连贯起来，就是拖着地走路，应该挺废鞋的，为啥不整根盲人棍呢？肯定是不想让人当自己是盲的呗，怎么说还是小姑娘，心高。

眼瞅廉婕都领先一段了，吕新开才想起来跟上，始终隔着两三米。几次见路面上坑坑洼洼，吕新开都差一点儿冲上去要搀她胳膊，但她总是能安全渡过，时慢时更慢。一段路下来，吕新开发现自己已经开始为她提心吊胆了。原来她是要坐公交车，237，正好跟自己也顺路，吕新开也站一旁等。车来了，吕新开紧跟在后上车，担心她蹬阶会仰下来，双手随时做好推举准备。下班点儿都过了，车上人少，两人都有座，吕新开坐在她斜后方，隔着过道，这是个新角度。月光刚好偏向她那侧，吕新开盯着膝盖上那双手细看，手指修长，像弹钢琴的手，就是指骨节稍粗。就那么一路看着，大西菜行到了，吕新开也没下车，继续坐，又过了两站，怀远门，她下车了，吕新开也下车。下车再看眼表，七点二十五。没走几步，她扭身一拐，进了家门市。吕新开抬头——敬康盲人按摩院。明白了，应该是在这儿工作。直接跟进去就暴露了，吕新开站在门外，徘徊了五分钟，想想该怎么圆谎，打了个腹稿，才跨进门去。

白炽灯明亮，甚至有些晃眼。进屋右手是收银台，细长条的屋正中摆放了三张按摩床，两个男师傅把边儿各坐一张塑料凳，一个戴墨镜，一个双闭眼，应该都是全盲。再往里瞧，左手还有个里屋，是套间。戴墨镜的起身，问是不是会员，吕新开说，不是。墨镜又问点名找哪个师傅，还是随便，正赶这时候，廉婕从里屋出来了，白大褂正系最顶一颗扣子。吕新开说，这女师傅吧，我不受力。墨镜坐下了。廉婕系好扣子说，进里屋吧。吕新开乖乖进去，里屋又挤两张床。廉婕说，趴下吧。吕新开脱了皮夹克，就近那张床趴下，脑袋刚塞进那个洞里，就听见门被关上。廉婕问，哪儿不舒服？吕新开反问，我能翻过来吗？趴着难受。廉婕说，随便。吕新开就翻过来。廉婕站到他的脑顶正前，说，翻过来就先摁肩了。吕新开说，摁头行吗？脑袋有点儿麻。廉婕不再说话，指节顶住俩太阳穴开摁。吕新开感觉手劲儿太大，耳膜都被挤出噗的声来。吕新开说，哎呀，重了。廉婕说，不重，正好。吕新开奇怪，抬眼仰视廉婕的脸，还真是第一次端详正脸，虽然是倒着，也能看出是标准瓜子脸，下巴短短，鼻头尖尖，有点儿丹凤眼——他大胆跟这双眼睛对视，还是没觉出任何不同，不算特别剔透而已，一下能从中望见自己，一下又消失了——知道了，原来是隔了一层薄薄的雾。廉婕说，你是那个相亲的吧。吕新开一惊，你咋知道呢？廉婕说，认得你动静。吕新开说，咱俩没说过话啊。廉婕说，在病房，你跟我爸。吕新开心说，耳朵果然是灵。廉婕说，我的情况，我爸说了吧？吕新开反问，你咋不问我，今晚为啥约好了没去？廉婕说，习惯了，上个月也有一个没来，上上个月有俩。吕新开说，但是我又来了。廉婕说，来就来呗，按摩还是得给钱。吕新开问，你爸是怎么介绍我的？廉婕说，就说人品不错，在机场上班。吕新开心虚，没讲怎么认识的？廉婕说，没有。她的十指探进吕新开的头发里开始抓，你几天没洗头了？吕新开说，两三天吧，是爱出油。你平时都有啥爱好啊？廉婕说，小时候爱看看书，弹弹电子琴，现在只能听歌，听评书。盲文书太贵，也买不起。我眼睛不是天生的，知道吧？吕新开说，知道。你爸说你以前学习可好了，写书法还得过奖状。廉婕说，听我爸说你大专文凭呢。吕新开说，啥用没有，进单位没门子，都得从临时工干。接下来俩人好一阵没话再说。吕新开眼皮发沉，摁头确实挺舒服，但又不忍心冷场，随口说，我考你一个吧。廉婕说，考啥？吕新开说，两个黄鹂鸣翠柳。廉婕说，一行白鹭上青天。

一行白鹭上青天。一行白鹭上青天。

就是这句，在嘴边转悠一礼拜了。吕新开在胸中一遍遍默念：两个黄鹂鸣翠柳，一行白鹭上青天。——像一首摇篮曲，自己到底还是被哄睡着了。

二、森林

嘎春河是一条不存在的河，也不能说是真的不存在，河在，但名字不存在于任何一张地图上，只有当地村民才这么叫，其实就是一条再普通不过的小河，追根溯源，也很难让人联想到松花江，或者长白山天池——它到底是从哪流过来的，我爸也根本答不上，他甚至都说不清这条河到底有多长，本来有多宽——不过据他回忆，二〇〇八年那会儿，肯定比三十年前要窄不少，主要因为全球气候变暖，降雨量逐年下降，再加上两岸的原始森林被砍伐殆尽，泥沙这才趁机下山抢了河的地盘。二〇〇八年的秋天，我爸出狱的第二年，带着我回了趟他长大的黑龙江农村老家，原本是打算把我未曾谋过面的爷爷奶奶的坟，连我太爷爷的坟一起，迁回沈阳。可是全村祖祖辈辈的坟都在森林里，森林没了，坟也就都没了。我跟我爸在一片光秃的山坡上扑了个空，后来还迷了路，下山重新回到吕家村时，天已经黑透了。那年我九岁，打小我就没怕过黑，唯独挺惊讶，我爸待在监狱里还有精力关注全球变暖的问题。

说起我爸这个人，他是个酒鬼，自己把自己给喝废了。他的前半辈子，本来滴酒不沾，而且他最烦别人喝酒——骤变发生在二〇〇六年，我妈车祸去世，我爸从此被酒精缠上了。假如每个家庭都有一本属于自己的家族日历，那么二〇〇六年，在我们一家人的日历上，应该被圈上黑圈儿。

那年春天，我妈没了，我爸进了监狱。这些都得慢慢回忆，十三年一晃，有些事我到现在还没反应过来。

我爸小时候挺苦的，五岁没了爹和娘，跟着爷爷在农村山里长大，一个叫新开农场的地方，本来叫吕家村，六十年代跟周边几个村子合并成新开农场，九十年代农场又拆伙，改叫回吕家村。刚叫新开农场的时候，我奶奶从沈阳过来插队，之后跟当地农民结婚，也就是我爷爷，生下我爸，从此跟沈阳的家人决裂，直到一场山火，把她永远留在了大兴安岭的原始森林里。关于那场山火，网上查不到，大概发生在一九七八到一九七九年间，再多我也不清楚，都是听姥爷讲的，他嘱咐过我，永远不要跟我爸打听。但我记住了一个细节，那场山火的起因是有人在森林里烧纸，一个村民进山给老婆上坟，在坟前喝醉了酒，纸还着着，人睡过去了——就因为这个，我妈去世后，我跟我爸和我姥爷去扫墓，从来不烧纸，只献花。我爸对烧纸有阴影。

那天晚上，我跟在我爸身后，从山坡上一路朝下走，他的脚步迈得倒是很坚定，一路上也没有回头看过我一眼，可我感觉他也不是很擅长分辨东南西北，身为一个农村出生长大的孩子，不太应该。下山的路上，经过一片木桩，粗细各异，有的已经冒出新枝丫，也不知道是哪年哪月被砍倒的，有条小草蛇穿梭其间，一路跟着我，画“S”前进，我反过来追它，它又跑掉，我想继续追，被我爸给骂回来。多年后，我考摩托车绕桩时，突然想起那条小蛇，我把自己想象成它，顺利通过。

我爸最后是奔着灯火走的。山坡下，河对岸，几间农舍的灯光很零散。我爸领着我，敲开眼前最近一家的门，是个独居的老猎户，八十多岁了，我爸竟还认得他，叫了声爷爷——吕家村的男人基本姓吕，所以叫谁都习惯了不带姓。我爸随后报上自己名字，说，爷爷，我是新开啊，老猎户突然变得很激动，请我们进了屋。一老一少两个男人喝着白酒，唠了半宿，原来老猎户跟我的太爷爷是发小儿，一辈子都没离开过吕家村。老猎户跟我爸说，当年上边下来人推坟的时候，自己本来想替我爸守住祖坟，偏赶那年在山上摔断腿，下不了炕，也没我爸个联系方式，养到再能出门上山时，山都平了。我爸摇着头，没说什么，反倒问起村里的人都去哪儿了。老猎户说，一大半的人都搬去镇上了，留下来的人，基本以伐木为生，带卖卖山货。那晚我爸喝醉了，我俩就在老猎户的家里睡了一宿，第二天才回到镇上，搭火车往沈阳返。那是一趟来去空空的旅途，二十几个小时的回程，我爸跟我说的话加在一起没有十句。我后来想，我爸要是没回去那一趟，这世上还有一个地方跟他同名同姓，可自从那趟回来，他不再只是孤儿，连名字都丢了。

我爸的名字，是他妈妈起的。我的名字，也是我妈妈起的。我叫吕旷，旷野的旷。我妈眼睛不好，双目视力接近全盲，因此寄情于我——目之所及，旷野无边，能看多远看多远——这是她的解释。我妈的眼睛不是天生，是一种后天的视神经疾病，加上当年吃错药，十岁开始，视力就越来越坏，没出两年就基本看不见了。我姥爷为给我妈治眼睛，掏光了家底，还拉一屁股饥荒，老婆跟他离婚，他一个人把我妈带大。我小时候，一年被我姥爷领去四院好几回查视力，人家大夫都说了我妈的病不遗传，他就是不放心。我眼睛特别好，随我爸了。我爸那双眼睛没利用好，大眼漏神，看待问题浮皮潦草，远不如我妈的心眼亮。

在我的印象里，我爸妈的感情应该是特别好，走在路上，永远手拉手。家里洗衣服做饭都是我爸，我妈多不少时间，常用来教我背唐诗。上小学以前，我就会背三四十首唐诗了。小时候，我妈常教育我，人要多读书，书读多了，自然心明眼亮，人生才会进步。如今我长大了，回想我妈的话，对也不对，多少有点儿过时。靠读书进步，时间成本太高，现在人等不起。我说的其实也是自己。我高中一毕业就进入社会，也就是二〇一七年。庆幸时代变了，清华北大毕业找工作也难，学历基本没大用，心里也就平衡了。互联网领导一切了，手机玩儿得明白就能赚钱，年轻人只要把自尊心放一放，出头机会遍地都是，虽然这关并不好过，但我是这么想的，也是这么做的。曾经我也一心想考大学，高中三年成绩还凑合，因为家里穷，本来报考了飞行员，盼着等进了航校就不用再跟我爸伸手要钱了。体测跟面试都过了，没承想因为政审被刷下来，理由是我爸蹲过一年牢。为这事，我就想跟我爸要句对不起都没有，一赌气，干脆把高考也给逃了。那年国庆以后，我坐火车去了北京，找不到别的工作，只能送快递，最狠一天干过十六个小时，回宿舍的路上，骑摩托睡着了。宿舍六人一间，有个河南哥们儿，下班就趴床上看直播，工资都给女主播打赏了。开始我好奇，跟着看，接触深了，自己也玩儿了起来，但我的玩儿跟他的玩儿不一样。

二〇一八年，我刚注册快手的时候，在注册页面卡了半宿，卡在想不出起啥网名。到后半夜，心一铁，直接输入那六个字：狗眼儿两张嘴。半年后我开通直播，粉丝在直播间都问，为啥叫这么个名？挺瘆人的。我就解释，第一，我上小学时候外号叫狗眼儿，第二，我姓吕，双“口”吕，拆开两张嘴。就这么简单，没创意。最开始粉丝喜欢叫我“狗眼儿”，后来粉丝多了，公屏满屏“狗眼儿”“狗眼儿”，说实话心里还是不舒服，总让我想起上小学挨欺负那段日子，后悔起这个名，活该，改了又怕掉粉，于是慢慢引导他们叫我“二嘴”，等我开始被叫“二嘴哥”时，粉丝刚突破十万。

我的外号都是因为我姥爷。他的右眼是只狗眼睛，像个玻璃球，芯儿是草绿色的。关于他的眼睛，我从小就问，姥爷自己说是执行任务时受的工伤，我爸也这么说，真实情况我也不清楚。我上小学一年级那会儿，都是姥爷来接我放学，蹬个倒骑驴。我户口跟我爸落在大西菜行，小学最开始念的是二经三校，挨着彩塔街，不远就是南运河。我们班的男生，放学一见我姥爷来，就喊他："老狗眼儿！老狗眼儿！"我也就成了"小狗眼儿"。为这个我没少跟同学打架，可是因为瘦小，基本是挨打，给自己气得直哭。有几次脸上挂彩儿，坐上倒骑驴，我姥爷就问，又跟人打架了？我说，全都因为你，以后别来接我了，你给我钱，我自己坐公交。我姥爷说不放心，等我上了三年级才能自己走。当时我们班不少同学家长都是开车来接，奔驰宝马也有，我从小自尊心就强，看人家钻进小轿车，我跟空嘎斯罐一车，脸恨不能埋裤裆里。那年姥爷已经五十四岁，蹬不太动了，咬牙下本给倒骑驴装了个马达，劲给足了也不慢，能跑三四十迈，裆底下嗵嗵冒黑烟，呛得我直咳嗽。

我姥爷是个好人，也是个㞞人，谁逮谁敢欺负两下，多少次我陪他一起去送嘎斯罐，连饭店小工跟他说话都像呲哒狗似的，也没见他闹过脾气。但他总跟陌生人强调，自己是个警察，公安系统的，别人当然不信，他就亮出自己的警官证，人家更当他精神不好。警官证我看过：廉加海，一九五一年九月十八日出生，汉族，单位是沈阳第二监狱，地址在苏家屯。当年我也不确定真假，但照片上他穿警服的模样确实挺精神，跟老了完全不像一个人。直到二〇〇六年底，我在广播里听到新闻，一个退休的前劳改局领导在深圳被抓，罪名是在九十年代长期贪污受贿，当时姥爷一边做饭一边对我说，姥爷没撒谎吧。那领导就是被我姥爷他们一帮人上北京告下来的，一告十来年。讽刺的是，带头告状的我姥爷，那年刚好到退休年龄，恢复公职后直接领退休金，到死也没再穿回那身警服。

我的初恋曾经问过我一个问题，她问我对童年最美好的回忆是什么，当时我答不上来。分手以后的某天，我突然给她发了一条微信，回复我的答案，是猪爪跟螃蟹。点击发送才发现，她把我删了。不过我倒是挺感谢她问过我那个问题，因为我本人不是一个热衷回忆过去的人。我想起，在我五岁或六年那年，我妈过生日，我爸买了猪爪跟大飞蟹。我跟我妈爱吃螃蟹，我爸跟我姥爷爱吃猪爪，两样都不便宜，一年上不了我家饭桌几回——那天的一桌菜，就是美好，美好得十分具体。我还记得，我爸上来就把一整盆螃蟹的壳都给揭了，拿勺挨个抠出黄儿来，凑了小半碗，一口喂给我妈。那天还吃了好利来的蛋糕，我妈让我替她吹蜡烛。我妈平常也不喝酒，那天少喝了一点儿，脸红得厉害。饭后，她弹奏了一曲，家里那台电子琴，还是她小时候我姥爷给她买的。弹的哪首曲子我不记得了，总之是《小星星》一类最简单的调儿。我妈还在的时候，教我碰过几次琴，我完全没展露出任何兴趣，我妈也没硬逼，后来她不在了，琴也就再没人碰过。

我妈说过，如果不是因为眼睛，她的理想职业是音乐老师。她说自己最喜欢的地方就是学校。我上一年级那年，我妈每周都来学校几趟给我送饭。她干活儿的按摩院在怀远门，对面有家司机食堂，盒饭好吃还实惠，两荤一素五块钱。我最爱吃那家的锅包肉，番茄酱口的，我妈每次就打包了带来。怀远门到大西菜行要坐两站，我妈走路慢，下车再走到校门口，有时候菜都凉了。她会陪我坐在校门口吃完，听着校里校外孩子们的嬉闹声，她的脸上就会露出笑容，像在欣赏一场音乐会。等我吃完了，她再坐车回按摩院。就那次我对姥爷甩脸子，嫌弃他那破倒骑驴丢人，第二天中午我妈就来了，肯定是姥爷跟她告状了。那天她是拎着一袋子肯德基来的。肯德基好吃，但是家里没条件，那天以前，我只在店里吃过一回，也是我妈带我去的。在校门口，我俩还是在那棵柳树下的石墩子上坐着，我妈先是对我展开批评，教育我不要跟别人攀比，虚荣心最害人。我低头认错，我妈才打开袋子：一个香辣鸡腿堡，一杯可乐，一盒上校鸡块，还有一个草莓圣代。我记得自己吃得特别快，就怕吃慢了圣代别再化了，过程中糊了好几嘴柳絮。吃到最后我又放慢下来，因为要等我班同学从外面回来，我得让他们亲眼看见我吃肯德基。平时我吃饭急，那天却吃了一整个中午，我妈倒什么也没说，就一直陪我坐着，肯德基的塑料袋在她手中叠得方方正正。

也就是那一天，在南一经街跟十三纬路的十字路口，我妈准备过马路，坐 237 回怀远门，一辆帕萨特把她撞倒了。刚撞完时自己还能爬起来，意识也清醒，人是在坐救护车去医院的路上没的。当时有目击者称，是我妈过马路闯红灯。我妈不可能闯红灯。后来又有人说，我妈在等红灯的时候，背后被人推了一把，总之人家帕萨特没违章，判也是那么判的，最后象征性赔了三万块钱。

那天是二〇〇六年四月十一号。星期二。黑圈儿中的黑圈儿。

墓地选在回龙岗墓园，我爸让刻碑的把自己名字也凿上去了。刻碑那老头儿说，没见过你这样的，年纪轻轻，多忌讳啊。我爸说，早晚的事儿，何苦再花两份钱。半个月以后，他在外面喝酒，跟人打架输了，竟然回机场取了他上班打鸟用的猎枪，回来找人报仇。机场同事发现枪丢了，一个先给我爸打了电话，另一个直接报案，最后我爸自己去派出所自首，录口供时酒还没醒呢。警察问他，知道偷枪是多大罪吗？我爸还跟人狡辩，说自己偷的算办公用品。还好是自首，最后轻判了。没人知道他到底咋想的，我妈没了以后，我好像变成了透明的，他无论干什么都不会考虑到我。一年后他出狱，我跟他就像陌生人一样。工作丢了，出狱后他又闲晃了一年多，大部分时间待在家养鸟，越养越多，最多的时候，阳台晾衣竿上挂着七个鸟笼子。他一天除了给我做早晚两顿饭，对鸟比对我上心。最招他稀罕的还是那两只黄鹂，活了十来年，高寿。自从那一趟吕家村之行回来，他经常对着那两只黄鹂说话，管鸟叫爹娘，我就知道我再不可能懂他了。后来他出去喝酒，都是跟几个养鸟的朋友，他养得最好，别人就撺掇他干脆去八一公园卖鸟，他也去了，第一天就卖出去两对儿雏儿，都是那两只黄鹂的后代。鸟成了他这些年的营生，一个礼拜出去摆三四天，卖鸟也卖鸟笼子。我家的小客厅，常年被一地鸟笼子霸占。

我妈没了不久后，我姥爷也不蹬倒骑驴了，改种树。当时我爸劝姥爷别再折腾，搬回家来一起住，他伺候，那是在他出事儿之前。我肯定举双手赞成，姥爷来了，我就不用每天跟我爸大眼瞪小眼。姥爷不同意，倒骑驴虽然蹬不动了，但他就是闲不住，认准那个种树的活儿：万里大造林——那是一个在辽宁跟内蒙古两省红极一时的投资项目，几个老板加明星，以超低的价格从政府手里购地，雇人栽上树苗，不用等树苗长大，就连地带树卖出去，赌增值，类似炒股票。项目被包装成了公益事业，种树防风固沙，倒手还能赚钱，当时广告做得铺天盖地：“万里大造林，利国又利民。”——半年不到，就被揭穿是非法集资，几个老板被抓，成了个历史笑话。我姥爷就是这场笑话里的一个小标点，种树人。跟他一样的小标点，据说还有六七十个。但他们也是这场骗局中，仅有没亏还赚的一批人。这批人被公司雇去，划片儿种树，每个月能领一千多块钱。一车车杨树苗用卡车运来，他们只管种。我姥爷分的片区在国道边，过了机场再往东，马上到农村了。他一共负责十亩地，道北边四亩，道南边六亩。姥爷把自己在市里租的房子退了，直接搬进了国道边的小砖房里，连吃带住地种树。我爸进去以后，我被姥爷送去了武校，就冲武校管吃住，一周五天住校，周六日他接我回砖房去住。姥爷说他实在没精力一边种树一边带我，希望我理解。说真的，要不是小时候耽误那一年文化课，我学习应该能挺好。我用脚步丈量过那两块地的每一寸土，夏天逮蛐蛐、蜻蜓、扁担钩，到了冬天，赶上场一尺多深的大雪，就够我蹦跶一下午了。姥爷种树有自己一套规矩，他是先围着两块地界勾边儿，每块先种四条棱，好比画画前先裱好了画框，宣告这是属于他的画布，他人禁止涂抹。从夏天到秋天，我亲眼见证姥爷完成了自己的初步规划，南北两块地被杨树苗圈成两个四方的空场，可惜没等到用绿色填满，项目就黄了，姥爷自然也停止了种树，靠养老金过活，但那两块地始终没人来收，他就一直在那间砖房里住着，非说自己在那睡得踏实。十年后，在我动身去北京之前，自己去看过他一次，他整个人精神焕发，胃口很好，但比过去絮叨了，三句不离我七岁以前的事。他种的那些杨树苗，都已经长到很高了，每一棵树干上都长满了大大小小的眼睛。其中正对窗子的一棵，树干正中刻着一个很显眼的“婕”字。

三、春梦

一晃离婚都快二十年了，早前一直挺有定力，怎么突然开始想女人了？——某个雪夜，廉加海坐在万顺啤酒屋里，紧盯窗外驮满积雪的倒骑驴，冷不防这样问起自己。夹一筷子小凉菜，半杯散啤送下肚，他开始反思——老婆甩手走人那年，女儿廉婕小学还没毕业，他一个人当爹又当妈。那会儿他还是个狱警，轮班不规律，一个礼拜至少两天得住苏家屯，没法回家做饭，只能让廉婕上爷爷奶奶家吃。可廉婕要强，眼睛几乎快要看不见以前，对他说，爸，你教我做饭吧，洗衣服我已经没问题了。他教女儿做的第一个菜是西红柿炒鸡蛋，一边颠勺一边哭，不敢哭出声，不出声女儿就看不见。他清楚，女儿那不是要强，那是懂事儿，心疼自己爹，知道他爹跟他爹的爹关系不好，不想让自己爹总低声下气。廉加海老早就明白了一个道理——世上有的亲人，只是亲在血缘上，实际上辈子兴许是仇人，他自己家就是最好的例子。廉加海是家里老大，下面有一弟一妹，从小到大，苦历来都是他这个当大哥的吃，当兵几年领的补贴全寄回家，弟弟娶媳妇他出钱，妹妹嫁人，嫁妆也是他包，爹妈咋就还嫌他做得不够呢？弟弟妹妹后来过得都强过他，他碰上难处需要钱，咋就一个比一个会哭穷呢？这些问题，廉加海想不通就想不通了，只要认清自己这辈子不可能再指望家里，那就把亲人当同事处，谁也不该谁的，少来往就少计较，反倒豁然开朗。自己女儿自己养，他女儿比这个世上任何一家的孩子都懂事儿，这是福分，他得惜福。

不过也二十年了，他廉加海又不是唐僧，没想过女人不可能，但也只是身体上想，不是精神上的，身体上那叫生理需要，不归精神管，可以原谅。廉加海来万顺喝酒的历史并不长，一年多前被几个蹬三轮儿的老哥们儿领来的。这帮人爱往这呼堆儿，酒菜比别家便宜是一方面，主要是大落地玻璃正对北富舞厅，舞女们搔首弄姿地进进出出，白看不要钱，连吃带喝，品头论足，都当自己是选美比赛评委了，干过眼瘾也值个儿——夏天就赚了，挨个露半拉胸脯，光两条大腿，比菜下酒。不怪有人给这地方起了个缺德名，叫穷鬼乐园。廉加海刚来到乐园时已经入冬，没赶上露肉，他就跟人喝酒打牌，块八毛，玩儿得不大。可时间一长，廉加海寻思这不行，太耽误挣钱，害他一天少送好几趟嘎斯罐，越不挣钱，对女人越只能干眼馋，恶性循环啊。没等来年立夏，廉加海就再不来了。有嘴欠的编排他说，老廉啊，一天天数你最玩儿命，光知道挣钱，憋时间长了，蹬车不硌卵子吗？适当得放松一下啊。廉加海反问人家，老婆没了，跟谁放松？那人又说，咱哪个不是离婚的，自己想办法啊。廉加海又不傻，还明知故问，啥办法？那人就说起顺口溜儿来：想操逼，去铁西，铁西操逼最便宜，你问到底在哪里，我说往西再往西。嘿嘿。廉加海说，这词儿编得有毛病，一直往西那就到新民了，铁西更靠南边——他总整这假模假式的，在场的都看不过眼了，又跳出一个骂，真能装。

廉加海确实是演戏，其实私底下早采取过行动，只是不好意思跟人提——这种事说到底还是隐私，隐私都不背人，那不活成动物世界了。准确讲，廉加海确实是一路往西南蹬的，就快蹬出铁西区了，停运的铁路道边，一排洗头房入夜就亮起粉红小灯。出来的时候，他肠子都悔青了，悔自己没扳住，一百元花得太不值，省下来够买外孙子要那套什么忍者的文具了，外孙子刚上小学，吵吵要半学期了，他都没舍得给买，里边十分钟就败祸没了，关键花钱还买不痛快，中间那小姐一直偷瞄自己右眼，比咯硬门口停那倒骑驴还明显，闹得他给钱时又把警官证亮出来，说自己眼睛是工伤，结果一屋仨小姐全乐了。

二〇〇五年的冬天，就在廉加海下定决心再不花冤枉钱以后，他爱上了一个女人，精神上的。

那个女人叫王秀义，六三年的，离婚带个儿子，在中医药学院工作。廉加海想起来也笑话自己，人家连你叫啥都不知道，自己搁这单相思，还合计爱不爱情。自己十六岁当兵，五年没见过几个女人，复员回沈阳，经人介绍认识了前妻，处了一年结婚，二十三岁就当爹。啥叫爱情？脚打后脑勺儿过日子的人，没闲工夫思考这么深刻的问题，再后来那日子过得更别提了：女儿治病，跟老婆打离婚，还债，下岗，告状，女儿大了又要操心对象，一年年的比总理都忙，晃个神儿就老了。不过这一圈儿回想下来，一桩桩事自己都办妥了，除了告状还没个结果——廉加海突然就悟明白了，为啥自己开始想起女人了？因为他再没有那么多事可操心了。外孙子已经上小学，蹦精蹦灵的孩子，长大指定有出息。女儿跟姑爷感情好得要命，小日子过得牢实，不欠账就等于富裕，俩人又孝顺，一直张罗叫他搬回去住。拿赵本山话讲，还要啥自行车——就是在这么个心情下，刚巧碰见了那个叫王秀义的女人，爱情把他给堵门口了。

爱情到底该咋谈，廉加海外行。他第一次有冲动想跟人探讨这个问题，可身边跟谁探讨都不合适。赶巧那天中午女儿叫他回家吃饭，专门给他买了一手店的猪爪。姑爷吕新开滴酒不沾，也不耽误他喝高兴，心血来潮，对廉婕说，你带孩子上公园吧，晒晒太阳。廉婕最有眼力见儿，明白爷儿俩有话单唠，领孩子出了门。廉加海给吕新开也倒上一杯，说，今天为爸破个戒，整一口。吕新开没犹豫，干了，说，爸，你是不有话要说？廉加海突然害起臊来，还绕弯子，没啥，看你们过得好我就高兴，你跟小婕感情咋这么好呢？真让人羡慕。吕新开随口说，谁羡慕啊。廉加海说，我就羡慕。吕新开说，爸，你肯定有话，说吧。廉加海说，其实我一直有个问题。吕新开说，你说。廉加海说，当初我拉拢你跟小婕好，你还骂我是骗子，后来见了人，咋就一下认准了呢？吕新开说，我还当你要说啥呢。廉加海又给吕新开倒一杯，来，你给爸讲讲。吕新开说，我也不知道咋形容，就是感觉。廉加海问，怎么个感觉？吕新开清清嗓子，说，就感觉想跟这个人过日子，不是处对象，是想要过一辈子。廉加海竟然鼓了个掌，说得好。那就算一见钟情呗？吕新开吓一跳，说，算呗，其实是二见。廉加海自干一杯，想说什么又咽了。吕新开又补充一句，反正就是想对她好，想一直对她好。廉加海跟磕头虫似的点着脑袋，又给自己起了一瓶。吕新开这才突然反应过来，说，爸，你是不想老伴儿了？

廉加海之前同样只见过王秀义两次，一次在中医药学院的食堂，一次在人家里。第一次，廉加海给食堂后厨换嘎斯罐，食堂管学生跟职工两千来号人吃饭，嘎斯费得狠，大罐平均十天见底。那天是十二月头，刚下过一场小雪，地滑，廉加海卸罐的时候摔了个屁墩儿。上二楼换好了罐，当时下午一点半，他一向都是这个时间段来，整个食堂没人，就一个后厨的小伙儿招呼他。大罐太沉，正在大理石砖面上拧着圈儿撤呢，那个叫王秀义的女人，从卖饭票的窗口里走了出来，手里拎一塑料袋饭票，五颜六色，是她叫住了廉加海。她说，大哥，你后屁股脏了。廉加海回头一看，哎呀。头再转回来时，两张餐巾纸递到了自己面前，她说，擦擦。廉加海像是接受命令，乖乖擦屁股，一直没好意思抬头，盯住女人鞋看，一双半高跟的黑色小皮靴，挺时髦，但皮子薄，他猜里面应该带毛，不然这大冬天得多冻脚啊。擦完，廉加海才抬头说谢谢，她的手又伸过来，把脏纸接了回去，冲他笑笑，走出了食堂。廉加海杵在原地，屁股后反劲儿地疼起来，心说，这女人长得可真好看。

第二次见到王秀义，是十二月尾，日历快换下一年了。中医药学院的职工楼有三栋，都是老笨楼，就在校区里，嘎斯罐也归廉加海。那天扛上五楼一家，门打开，竟是王秀义，应该是刚剪的短发，有点儿像成方圆。她还是冲廉加海笑笑，廉加海闹不清，她到底认不认得自己呢。屋里收拾得立立整整，红地板擦得亮，廉加海鞋底脏，正要换鞋，她说，不用换，没事儿。廉加海啥也没说，直接扛罐进了厨房，厨房也利索，大勺黑亮，菜刀跟剪子在钉子上挂着。拎起空罐正要走，一个男孩从里屋出来，管她叫妈。男孩看样子十六七八，长得一表人才，眉眼跟他妈一个模子扒下来的。男孩对廉加海点了个头，说了句“你好”。等廉加海扛着空罐出了楼栋，才反过味儿来，自己都没跟人孩子回问好，脑袋都想啥呢？乱了。全乱了。她这个年龄段，肯定结婚有孩子了啊，想他妈啥呢。

直到第三次见王秀义以前，廉加海都不知道她的名字叫王秀义，还是听卫峰讲了才知道。

卫峰是廉加海以前看过的犯人，比廉加海小七岁，属狗。八六年犯故意伤害进去的，八年，判重了。卫峰在号儿里那几年，廉加海跟他处得还行，能聊几句。卫峰一米七出头的个子，一点儿不起眼，可骨子里那劲儿挺瘆人，平时不惹事儿，但也绝不认亏吃，死刑犯照样儿不怵。进去之前，卫峰是车筐厂的一个普通工人，出来以后，找不到工作，开过一段大货，又因为跟人打架被辞了，再后来托人留在了中医药学院烧锅炉。就前两年，廉加海跟卫峰在青年公园碰上，俩人都挺感慨，喝了顿酒，一来二去，卫峰牵线，廉加海提着两盒月饼加三条烟敲开后勤科长家门，中医药学院的嘎斯罐就都被他包了，打那起干脆把收瓶子的活儿给撂下，忙不过来，铆劲送罐。廉加海为表谢意，给卫峰也拿了两条烟，卫峰没要，最后单喝了顿酒。廉加海觉得这人挺仗义，能处。本来自打下岗以来，身边也没啥朋友了。

锅炉房就在职工楼底下，廉加海从楼里出来，屁股坐上倒骑驴又下来了，拐两步进了锅炉房。他跟卫峰也有小半年没见着了，应该瞅一眼。锅炉房不小，但向来只有卫峰自己。矮平层黑茫茫一片，水蒸气烫脸，地上跟空气里全是煤渣子，火苗从闭不严的大锅炉门里挤着往外蹿。锅炉后的角落里吊下来一个黄灯泡，下面一张小木桌，一个破躺椅，还有一地的烟头，那就到卫峰的地盘了。卫峰斜窝在躺椅里，脸上盖着毛巾，身上就一件衬衣，跟燕桑拿似的，连人带毛巾都是黑黢黢，谁要不知道这有个人，能给吓一跳。桌上摆着四盒菜，有红烧肉，还有炸刀鱼，三瓶大绿棒子空了，还有一瓶剩一半。廉加海发现照之前多了一把带靠背的小木凳，学生用的那种，坐下说，整挺丰盛啊。卫峰脸隔着毛巾说，喝点儿啊？廉加海说，不了，一会儿还得接孩子放学。卫峰扯下毛巾，额头一层汗，身子始终一动不动。廉加海握了握剩的半瓶啤酒，说，这都熥热乎了，我看节目里说，喝热啤酒对肾好。卫峰说，好不好能咋的，操，还能用得上是咋的。廉加海问，忙不最近？卫峰说，奇了怪，这两天总想起老孙。廉加海说，咋的呢。卫峰说，我合计这逼到底是不是个精神病。廉加海又说，咋的呢。卫峰说，谁家正常人写诗啊。廉加海说，也不能这么说，那是挺智慧一个人，有大文化。卫峰说，那天突然想起来，他在号儿里写的一句诗，他天天写，天天念，我就记住了一句——我是个只存在于冬天的人——他妈的，这不就是说我呢吗？廉加海在心里品了品，还是说，咋的呢。卫峰说，夏天还烧屁锅炉。

廉加海驮空罐回去的路上，一直顶着风，只好开了马达，多少心疼油。风好像从多年前就认识他，可风不会老，这挺不公平的。他想起在深牢大狱里工作的年月，自己跟犯人又有啥区别呢？都是在高墙里吃喝拉撒，只不过犯人不下班罢了。卫峰说的老孙，是个奇人，一个辽大中文系的老师，一个诗人，一个死刑犯，四十岁那年杀了自己老婆，八九年判死刑。他坚称是误杀，上诉两年，最后还是维持原判。离执行不到半个月的时候，人跑了，越狱。具体怎么实施的，成了谜，因为人最后被击毙在棋盘山上，问不着了。老孙跟卫峰住同一间号儿，两年时间，每天就是写诗念诗，一屋子都挺烦他，打又懒得打，臭知识分子，要死的人了。老孙越狱当天，幸亏不是廉加海值班，不然他现在就不是被下岗，是被开除公职了。当时是秋天，城里一半的警力都去追老孙了，廉加海这帮狱警也被领导拎去局里训，人到底咋跑的？能跑哪儿去？丁点儿线索都没有？人跑了五天，最后没想到是卫峰立了个功。他主动找廉加海汇报，说老孙跑之前，一直跟他提棋盘山。卫峰不爱搭理，他就自己在那嘚咕，说啥玉皇大帝在那落了一盘棋，大运压在底下，棋子千年不挪，他要挪一挪。廉加海赶紧跟领导汇报，反正都火上房了，派两队人马包围棋盘山，人还真藏山顶上了，身上就带一把大斧子，拒捕，一枪给打死了。最后卫峰因为立功，减了一年刑，出来以前，他对廉加海说，我得感谢老孙，我猜他肯定是个好老师，谈问题一点就透，操。

送完了外孙子，廉加海蹬着空倒骑驴，回到自己租的小单间，吃口饭，洗一把，躺上床，从脖颈子酸到脚后跟，天天如此。廉加海使劲儿先把老孙给忘干净，才能开始梳理下午卫峰跟他讲起的关于王秀义的那些情况。王秀义当姑娘的时候挺不省心，天天混西塔，处了一个朝鲜族对象，婚也没结，就怀上孩子，生下来没两天，那男的就跑韩国去了。她这段历史，中医药院里的人都知道，连卫峰也总听人提。卫峰说，得亏落了个好儿子，学习特别好，在省实验念书，全校拔尖儿，给他妈长了脸，院里也就没人敢再多讲究。尤其那帮有孩子的大学老师，自己文化挺深，孩子学习啥也不是，打心眼儿里嫉妒。廉加海心说，懂事都是天生的，跟咱家小婕一样。卫峰还透露个情况，说王秀义有男人了，就这两年工夫。廉加海嘴上说，你了解不少啊，实际心里反思，他上门时候咋没发现屋里有男人生活的迹象呢？以他的职业底子来讲，不应该啊。估计还是太紧张，眼睛顺一条线进出，左右没好意思多瞟。那是个啥样的男人？卫峰说，社会上混的，叫郝胜利，在北市挺有号。廉加海还问，俩人结婚了还是搭伙过呢？卫峰终于不耐烦了，你打听她啥意思，有想法啊？廉加海嘴硬想往回掰，反问，那你咋知道这么清楚？卫峰说，我在这院十来年了，啥不知道？后又追了句，说了你都不带信的，我俩天天见面，操。

过完春节，二〇〇六年正好踏入二月份，廉加海也有整一个月没再见到王秀义了。大年初三，“二助会”的蔺姐来了个电话，问他今年上北京打算啥时候动身，这回去八个人还是十个人，另外会费吃紧，是不是该齐钱了。廉加海心不在焉，支支吾吾，一会儿说下个月，一会儿又说过了十一，齐钱的事让蔺姐做主，自己都行。蔺姐问他，你没事儿吧？廉加海说，没事儿，一切正常。蔺姐又问，要不咱们几个骨干出来吃顿饭啊？投票决定。廉加海又说，都行。他再就不说话了。蔺姐可能也觉得没意思，电话就撂了。“二助会”的全称是“二监狱蒙冤职工互助会”，廉加海是会长，蔺姐是副会长。蔺姐对自己有意思，廉加海心里清楚，所有蒙冤职工都知道，他自己愣装了好几年傻。但话说回来，他们这些个骨干成员，从十年前开始一起上北京，早时候一年两三趟，慢慢岁数都大了，老静坐腰不行，后改每年固定一趟，总有几天同吃同住，在火车站前的小旅店里扇扑克一扇一宿，感情比上班那会儿更深了。“二助会”最开始就是廉加海牵头组的，当初最激进的也是他，如今状告了这些年，还是没个结果，他心里有愧，对不住这帮老哥们儿姐们儿。他甚至想过放弃，要不认了吧，人一直不愿从旧梦中醒来，新生活的大门也将永远沉睡。这不是他说的，这是他在一本书里看的，能写书的人，肯定比他活得明白。认屄也是种智慧。

初八中午，廉加海回女儿家吃了顿饺子，猪肉酸菜馅儿。他活儿也不忙，下午蹬车路过北市，车把一歪，顺道就拐来万顺门口，果然有两个蹬三轮儿的老哥们儿正喝呢，隔落地玻璃冲廉加海招手。廉加海这趟来是带目的的，不喝也不吃，上来就跟俩人打听郝胜利。岁数大的那个，早年在社会上瞎混，还真知道。廉加海给他点了颗烟，听他讲，郝胜利是山东人，家里哥儿俩，大哥叫郝顺利，哥儿俩从小就混北市场，打架下手贼黑，在北市场没人敢惹，后来挣了点儿钱，严打那阵子，他哥犯了事儿，去南方躲了几年，再回来的时候，郝胜利把买卖做大了，后来郝胜利得罪人了，听说因为一个女的，差点儿被人砍死，他哥回去报仇，把对方给捅死了，最后判的是过失杀人，现在还在蹲着呢——这么说，这人你应该知道啊？廉加海回想了一下，说，有点印象了，难怪我看郝胜利面熟，号儿里那个是他亲哥。那人说，那就对了，他们哥儿俩长得贼像。郝胜利大难不死，现在是大老板了，干了个拆迁队，钱直接往人家兜里飞。但是郝顺利没享着福。要不都说，哥哥打天下，弟弟守江山，自古都是这个规律。廉加海突然不爱听了，说，天什么下，江什么山？当自己秦始皇呢？不就是大流氓吗？又提高音说，我白道他黑道，自古黑白不两立，操。那人看看他说，你吵吵屁啊？你这叫嫉妒。

背起人来，廉加海是真自卑了，于是又下定了决心，北京还得去，状还得告，说死必须恢复公职，不然真被郝胜利给比下去，太他妈窝火了，那么好一个女人，怎么能跟大流氓好呢？可论实际的，人家挣大钱，自己蹬三轮儿，还瞎一只眼，掰掰手指头，哪样比得过？除非自己穿回那身警服，站到王秀义面前——他一直自信自己穿警服挺带劲的，国徽顶脑袋上就是压人。爱情叫人冲昏头脑，这话不假，不过自己姑爷也说了，爱谁就是想对谁好，想一直对那个人好，单论这一点，跟钱没太大关系。

从二月中开始，廉加海棉袄胸口里一直揣着两副女士鞋垫，他看电视购物买的，纳米发热，八十八一副。他买两副，因为怕目测不准，小的一副三六，大的一副三八，大了可以裁，再小咋也小不过三六吧，总有一副能用。可转眼都二月底了，学生还没开学，中医药的食堂只供值班的人吃饭，用气省多了，想要见到王秀义，只能指望她家里罐用完那天——她家里要真住了个大男人，外加一个正长身体的大小伙子，做饭用气应该不慢吧？廉加海心里燥得慌，脚底下都蹬不顺溜儿。最近他每三天就换身干净衣服，就怕突然接到王秀义家的电话——上次从她家出来，廉加海特意把号码存手机里了，这个心眼儿动了很正常，可那号码再也没响过一下，心思全白费。他也不是没想过打电话过去，但那就太明显了，得找个由头。坐在青年公园门口，廉加海双手捂住一个煎饼馃子暖手，犹豫再犹豫。心思乱的时候，廉加海就爱来青年公园坐坐。廉婕刚上小学时，最喜欢来青年公园，那会儿廉加海跟老婆感情也还不错，主要因为女儿当时眼睛还好好的。一家三口在湖上划小船，船是廉婕吵吵坐的，可一上去就晕船，头枕在廉加海大腿上睡着了。廉加海轻轻地摇桨，怕惊醒女儿，最后干脆任船被风赶着漂，晃晃摆摆，像三口人的摇篮。当时廉加海以为，自己的一生大概也就是这个样子了，平静，安稳，一点点波澜，四周望得到边。

煎饼馃子吃到一半，电话还是打了过去。嘟声响那几下，廉加海抓紧把嘴里嚼的咽了，调整呼吸，撒谎不是他强项，心里突突怕露馅儿——那边接起来，几秒钟没声。廉加海抢先说，你好，我是给你家换嘎斯罐那个，没啥事儿，就是上回去换罐的时候，发现你家管子有点儿漏，不知道咋的今天突然想起来，提醒一下，趁早换了安全，要是嫌麻烦，我帮你换也行，本来一会儿也要去你们院，就这事儿。那边腾了几秒，传来说，你来吧，谢谢。——是那个男孩的声音。

下午四点，廉加海把倒骑驴停在楼下。肩上少了罐，廉加海觉得自己脚步都轻快了，他站在门口，没有直接敲门，拍拍立整身上衣服，此时门自己开了，还是那个男孩。男孩说，你好，请进。廉加海说，你好。进了门，廉加海一眼就发现了脚垫上那双男人的皮鞋，是双大脚。再往里看，一个玻璃烟灰缸翻在红地板上，烟灰铺散一地——准确说应该是砸上去的，因为地板上多出一个大坑，上次来的时候没有。男孩主动说，不用换鞋。门关上，廉加海才看见沙发上坐着的那个男人，留个毛寸，脑袋挺圆，个头儿不矮，应该就是郝胜利了。他正在看电视，手上烟灰直接往地上弹。廉加海没再多看，被男孩引着来到厨房，蹲下去装模作样地检查起胶管。男孩站在身后问，漏吗？廉加海说，多少有点儿，老化了。男孩问，要换新的吗？廉加海说，今天过来得赶，没带管子，你家有胶带吗？男孩说，有透明胶，行吗？廉加海说，那不行，虎皮膏药有吗？

男孩在沙发旁的斗柜里翻东西时，廉加海就守在厨房里偷看——郝胜利连瞄都没瞄过男孩一眼，但他也没有在认真看电视，播的是《武林外传》，自己外孙子也爱看，逗乐的，可郝胜利连笑都没笑过一下，眼睛里明显有其他的事在转悠。男孩拿着一贴膏药回来，廉加海才注意到，男孩的嘴角跟眉骨上一青一紫两小块，不细看不明显。廉加海自己摘下头顶挂的剪子，膏药裁一半，胶管接口缠一圈儿，拧开煤气，凑鼻子假装闻闻。男孩问，好了吗？廉加海说，应该没事儿，能凑合。脸咋整的啊？男孩眨了两下眼，说，磕的。廉加海说，你妈没在家呢。男孩说，出门了，多少钱，叔叔？廉加海起身说，不用了，再有问题，让你妈给我打电话。男孩点点头。廉加海往门口走时，赶上郝胜利起身进厕所，两人擦身而过，郝胜利猛过自己一头，脑袋左边挂着条一拃多长的大疤瘌，从太阳穴拐到脑顶，像只蜈蚣伏在草窠里。从进门到出门，廉加海就没被他正眼瞧过一下。下楼的时候，他迎面撞见两个男的，四十岁不到，竟是对双胞胎，相当扎眼，典型的社会人气质。他停了半分钟，直到确认楼上的敲门声，两人果然是去王秀义家，肯定是找郝胜利的。

两副鞋垫一直没送出去，廉加海就一直随身揣着，转眼又进了三月。那天，“二助会”的骨干们终于聚起吃了顿饭，在兴工街的甘露饺子馆，一间小包房生挤下十一个人，廉加海跟蔺姐坐主位，肩膀挨肩膀，不知道的进来，以为俩人办二婚呢。菜没等上齐，投票已经决定，过了五一就上北京，为节省会费，这次只出六个人，住五天，廉加海跟蔺姐在名单里雷打不动。廉加海没发表任何意见。饭桌上，他也没怎么说话，听别人扯闲篇儿，发现这帮人一年比一年爱唠过去上班的事了，主要集中在那八十二个蒙冤职工身上，谁谁老婆跟人跑了，谁谁在五爱街挣着钱了，谁谁孩子结婚酒席寒酸了，好像彼此的生活还紧密联系着，哪怕一年也见不了两回面。一顿饭从上午十一点吃到下午四点，回回都这样。那天廉加海话没说几句，酒喝了不少，最后实在坐不住了，先走的。蔺姐非留他多坐会儿，廉加海说还得接外孙子去，留下一百块会费，就跟大伙儿拜拜了。不过那顿饭也算没白吃，听大老刘提起来，目前有个种树的俏活儿，一个月给开一千八，还管住，就埋头种树，叫“万里大造林”，他自己计划开干。之前廉加海在电视上见过，明星做的广告。

一千八算不少了，满打满算比自己送一个月罐还多点儿，确实可以考虑。

跨上车座，脑门儿给风一吹，廉加海比刚才迷糊了，左眼都重影儿，车一直往右边顺拐。右边这只狗眼，估计该换了，大夫说过，这玩意儿能挺个五六年到头儿了，过期了就得拿掉，要不就花钱换个晶体的，虽说也还是摆设，总比空落个眼眶吓人强。廉加海合计，等钱富裕再说，先将就着用，也不耽误啥。骑到了二经三小学门口，廉加海一身酒味儿，怕孩子闻见，猛灌了两口随身的茶水。放学铃一响，他的外孙子吕旷，第一个飞奔出校门，三两步蹦上车板，催他快走。廉加海一边发动马达，心里一边乐，他明白啥意思，这孩子脸皮薄，还是怕被同学瞧见。一年级都上第二学期了，原来这个坎儿还没过去呢。坐上倒骑驴，吕旷的脸永远只向前看。廉加海发现他棉袄俩胳膊肘一边磨一个洞，像在地上蹭的，就问，没跟同学打架吧？吕旷脸也不扭，说，没有。廉加海又问，现在还有人欺负你吗？吕旷说，没有。廉加海心里也难受，吕旷打小冒话早，廉婕教他背首诗，扭脸工夫就会，这么聪明个孩子，不说生在金窝银窝，哪怕是条件能算上普通的家庭，将来的人生路也好走得多。没办法，谁跟谁凑一家是天注定的，好赖最后还得看他自己。廉加海一个酒嗝儿涌进嘴，憋气又给顶下去，说，旷旷，要是实在忍不了，就打回去，大小你也是个男子汉。姥爷理解。吕旷终于回了一下头，没说话，又把头转过去，继续迎着风。

第三次见到王秀义，是廉加海自己争取的。开学没过几天，他接到中医药食堂要罐的电话，专门掐中午十二点半到的，食堂里全是人，廉加海在地上斜着滚大罐，左右还得躲着人，后厨的小伙儿走出来帮他，四只手抬起走。小伙儿问他，今天咋赶这点儿来？廉加海说，我也排不开，以后可能都这点儿来。小伙儿说，这么多人，砸了谁脚你负责啊。廉加海说，我加小心就得了。换好，廉加海一个人转着空罐出来，故意拐两个弯儿，假装路过属于王秀义的窗口，抬头才发现“饭票口”改贴了“饭卡口”，原来是鸟枪换炮了。窗口外，陆续有人拿饭卡朝充值机拍上去，王秀义坐在里面收现金，哔一声，交易完成。廉加海注意到，王秀义对每个人都会微笑，熟人还会打声招呼，实招人待见。他趁有一小段没人时，鼓足勇气来到窗口前，王秀义伸手正准备接钱，他从怀里掏出两副鞋垫，塞进窗口说，给你买的。王秀义定住两秒，是你啊，大哥。说完又那么笑一下。廉加海忘了笑了，说，一副大点儿，一副小点儿，但愿能合适。王秀义眼睛转着，见廉加海后面排了人，收进鞋垫，说，谢谢啊。廉加海说，那我走了。王秀义起身叫住他，大哥，要不你在楼下等我会儿，二十分钟下班。廉加海点头，临下楼前，空罐差点儿被他忘在原地。

都快一点半了，王秀义才下楼来。廉加海站在楼门外，冻得直跺脚。王秀义小跑着上前，说，你咋不在一楼大厅等呢，真死心眼儿。廉加海说，没事儿。王秀义说，我以为今天能早呢，不好意思。廉加海还说，没事儿。王秀义说，我请你喝杯咖啡吧。廉加海说，啊，都行。其实他第一反应是，地方离多远？近就走着去，远了，说死也不能叫人家坐倒骑驴啊，不行打个车。正合计着，王秀义说，不远，坐我车吧。

市委对面的避风塘，廉加海平时总路过，一帮小年轻在里面搞对象，自己从没进来过，屁股坐下都分不开瓣儿。王秀义买了两杯咖啡，廉加海喝一口，不知道说啥。王秀义又笑了，嫌难喝？廉加海说，第一次喝。王秀义说，你这人挺实在。廉加海不说话。王秀义说，我儿子跟我说了，那天你上我家去给修管子，都没要钱。廉加海说，小意思。王秀义说，都没问你贵姓呢。廉加海说，免贵姓廉，公正廉洁的廉。王秀义问，为啥给我买鞋垫啊？廉加海嘴又笨了，扭捏两下说，我看电视上说保暖效果好，纳米发热，对女人好。王秀义笑了。廉加海问，笑啥呢？王秀义说，这都三月份了。廉加海说，也是，用不上了。王秀义说，又不是不过冬天了，来年能用上。廉加海点了点头，又喝一口咖啡，真挺难喝。王秀义说，我三六的脚，三八那副你带回家给嫂子吧，别白瞎。廉加海说，离多少年了。王秀义说，咱俩一个情况。廉加海差点儿脱口而出说我知道，但他拐个弯儿说，自己带孩子，咱俩一个情况，我女儿跟我大的。王秀义说，我儿子就是我的命。廉加海说，你儿子真有教养，你不容易。王秀义说，说实话，都是天生。廉加海说，没错，没错。

两人在避风塘坐了不到半个点儿，王秀义又开车顺廉加海回中医药取倒骑驴。车啥牌子，廉加海不懂，好像叫马什么达，标儿像个小燕。大红色车，挺配她。车是郝胜利给她买的。廉加海就记住这个了，王秀义说了两遍——他对我挺好。这句再往后，廉加海耳朵像是漏风了，脑袋里没留下几个字。原来她跟郝胜利认识多少年了，郝胜利脑袋里镶那块钢板，就是为她拼命落下的。话不用再多说了，啥意思还不明白吗？为啥非要出来喝咖啡说？人家心里都有数儿，给个台阶好看，他懂。王秀义故意往这个话题上拐的时候，其实还挺刻意的。廉加海坐在车里，有股香味呛人，加上刚才那几口咖啡喝得心慌，直恶心。虽然还有句话，廉加海憋在心里，也只能当自己忘了。

天猛地暖和起来，一场春梦也该结束了。来去匆匆的。三月中的某天，廉加海扛罐上楼时把腰给闪了，在家躺了两天，也没敢跟女儿和姑爷说，撒谎自己有别的事忙，得他俩自己接孩子了。闪腰也不是头一次了，可这一次，廉加海感觉自己老了，老到希望的大门只是朝他微微敞开一道缝儿，立马又关死了。原来希望这东西，也是见人下菜碟。躺床上看了两天电视，廉加海一共打过两个电话，一个打给蔺姐，简单问了两句齐会费的情况，果然有人装死不交钱，能理解，都是不想再自欺欺人了呗。第二个电话，打的是“万里大造林”项目的咨询热线，问一下种树都要啥条件，听动静对面是个小姑娘，挺客气，说啥时候想过来都行，只要有基本的劳动能力，别的没要求，最后把廉加海手机号记下了。

重新下床的第一天，是礼拜天，廉加海给中医药职工楼一家送完罐下来，见隔壁栋口前停了一辆警车，正是王秀义家那栋。巧的是，其中一个警察自己还认识。廉加海叫住刚下车那个年轻的，郑羽？对方吓一愣，细瞅瞅才反应过来，廉叔？你咋搁这儿呢？廉加海说，这三栋楼的罐都归我管。郑羽点个头，啊。廉加海问，办案呢？郑羽说，啊。廉加海主动说，那你忙去吧。郑羽又问，廉婕挺好的啊？我听说结婚了。廉加海说，孩子都上小学了，挺好的。郑羽点头，说，挺好就好。廉加海反问，你呢？郑羽说，结婚了。廉加海说，有孩子了吗？郑羽说，媳妇刚怀孕。廉加海说，恭喜啊。郑羽说，谢谢叔，哪天我上家看你去。说完他就被岁数大的那个警察催着进楼栋了。廉加海明白，最后那句就是客套，那心里也挺热乎。郑羽是个好孩子，他过得好也是应该。

郑羽是廉婕的初恋。虽然俩人也是廉加海猛撮合的，但人家本来就是小学同班同学，自己曾经就有那意思，他只是添把柴。廉加海跟郑羽他爸老郑一起当的兵，老战友了，两家知根知底，老郑也没反对。廉婕跟郑羽都二十岁那年，俩人约了三次会，就算正式好了，当时郑羽还在刑警学院上学。处了半年，有一天廉婕回家跟廉加海讲，郑羽自己说从小就喜欢她，她不敢信。廉加海说，那有啥不信的，郑羽不像撒谎的孩子。本来挺好一段缘分，直到半年后郑羽把廉婕领回家吃饭，他妈死活不同意，刀架自己脖子逼俩人分手。廉婕回来，哭了半个月。结婚以前，跟郑羽那段就是廉婕唯一的一次恋爱。结婚以后，廉婕给吕新开讲过这段，吕新开不是小心眼儿，反倒跟廉婕开玩笑，孤儿有孤儿的好，人生大事，自己拍板，谁的窝囊气也不受。吕新开说这话时，廉加海也在场，他心说，这个姑爷自己没看走眼，老天对他们父女俩不赖。

廉加海站在王秀义家楼下，突然上来直觉，实在忍不住想求个对证，于是就进了锅炉房。卫峰正往炉子里一锹一锹添煤，见廉加海来了，又铲了两锹，关上了炉盖子，煤渣子绕着他周身飘。廉加海说，忙呢啊。卫峰说，咋的了。廉加海说，来警察了。卫峰放下锹，说，又来了？廉加海说，谁家出啥事儿了？卫峰说，找王秀义的。廉加海早知道自己感觉对，也没太意外，问卫峰，她咋的了？卫峰说，郝胜利失踪了，媳妇报的案。全院都知道。廉加海心里揪了一下，问，郝胜利有老婆？卫峰说，儿子都上大学了。廉加海问，啥叫失踪了？卫峰说，一个礼拜不见人了，他媳妇跟警察咬死说是王秀义给拐跑的。廉加海问，实际呢？卫峰说，谁知道，操。

三月底的某天，大概是整个月天气最好的那天，廉加海一大早又给“万里大造林”的热线打了电话，约好下午去看地。那片地——准确说是两块地，中间夹着国道，来去最多的是大客跟大货，放眼四周再无他物。廉加海第一眼挺喜欢这个地方，不知道为啥，让他想起当兵那几年，驻在山里，站岗的时候，眼前就是一片空地，生满野草，经常有黄鼠狼和野猪路过，它们偶尔也停下脚来，看一眼廉加海。销售的小姑娘问廉加海，大爷，你身子骨还行不？廉加海说，没问题。小姑娘说，人可能得住这儿。廉加海，挺好的。小姑娘问，大爷你还有啥问题吗？廉加海想想，问，平时有领导检查吗？小姑娘笑了，说，没有。廉加海说，那我种给谁看呢？小姑娘说，大爷，样板间知道不？廉加海说，知道。小姑娘说，我以前卖房子的，打个比方，大爷种这十亩地，就等于样板间，虽然楼还没盖好呢，但是万一别人想看房，咱得能拿出房给人看。跟这十亩地一个道理。你种一棵树，背后其实是一百棵树。一百个人一起种，背后就是一片大森林，懂了吗？廉加海说，懂了，以点带面。小姑娘说，大爷真有水平。没问题的话，随时可以过来，一车树苗下周就到。

蹬回市里的路上，廉加海腰疼得厉害，后悔刚才坐小巴来好了，回去还能搭小姑娘车给他顺回去。廉加海想，既然决心种树了，干脆就把倒骑驴卖了吧，干完这礼拜，以后就不送罐了，用不上了。他又想，从今往后，再也不会见到王秀义了吧？郝胜利到底跑哪儿去了？那女人的命可真苦。

可惜自己没本事，不能给女人托底的男人，就别把爱不爱的挂嘴边了。廉加海感觉自己终于想通了——如果不是因为自以为是，他也不至于冒出要跟王秀义做个永别的念头。

廉加海给自己安排的那场永别，在四月十一号。日子本身没什么特殊意义，他只是在难得睡了一个大懒觉醒来后，突然就想起了王秀义，趁着还没完全清醒，壮胆去电话，得知王秀义当天轮休在家。电话里，他对王秀义坦白，自己以后不送罐了，他要去城市的另一头种树了，手头正好剩最后一满罐，就当送个人情，不要钱。王秀义没拒绝。廉加海等不及爬起床，洗了把脸，才算是醒彻底了，他对着镜子反问自己，为啥非要再见一面呢？留点儿念想不好吗？思来想去，只能劝他自己，好像还有话必须得说，那话跟爱情没一个字关系。

路上，廉加海感慨，当天的天气挺合适，阳光不烈，云薄薄一层，风也微微的。车板上唯一的一罐嘎斯，是廉加海为自己准备的信物。到了王秀义家楼下，扛罐上五楼，家门大敞着，两个工人在撬地板。廉加海站在门口，王秀义还是冲着他笑。廉加海说，是不是赶的不是时候？装修呢？王秀义说，没关系，进来吧。廉加海穿越被炮轰过一样的客厅，进厨房换好新罐，手上掂量下旧罐，至少还剩一半。廉加海说，这半罐你要留下也行。王秀义说，拿走吧，家也没地方摆。廉加海问，儿子呢？王秀义说，再有俩月就高考了，住校比家里清净，正好趁这工夫整整地板。廉加海问，人还没找到吗？王秀义说，找人归警察，我不找了。想走的人，你也留不住。廉加海说，是姓郑那个警察吧。王秀义眼睛瞪大一圈儿，说，你认识啊。廉加海点头，说，老相识了，我以前也是警察，之前没跟你提过。王秀义说，确实没提过。之前咽回去的话，廉加海犹豫再三后，还是吐出了口——郝胜利打你儿子，你是装不知道，还是真不知道？王秀义捋了一下刘海儿，眼神越过了廉加海，她说，我儿子是我的命。廉加海没话说了，该明白的都明白了，但最后还是撂下一句，我们应该不会再见面了，你多保重。没等王秀义说再见，他就转身下了楼。

与王秀义永别后，廉加海扛着半罐气走出楼栋，都撂上倒骑驴了，就最后那下寸劲儿，腰又闪了一把，这次他听见咔吧一声，疼到钻心，扶紧车座缓了会儿，动弹还是费劲，原地合计半天，决定去锅炉房里先坐会儿，歇口气。廉加海进去，喊了两声卫峰，没动静，他忍着疼，一步步蹭着往深了走，想去找那把学生凳。经过大锅炉时，脚底下踩了一裤腿炉灰，低下头看，锹横着，他又叫一声，仍没人应。廉加海回味，刚好像有道银光在灰黑中抓了自己一眼，于是左手撑腰，身子一寸寸地抻着劲儿往下蹲，右手探进那堆炉灰里扒拉——第一眼不确定那是个啥，可能是个水壶盖，也可能是个厚易拉罐——不对，那是件比那些都扛烧的金属。光太暗，廉加海蹲在地上一时辨不清楚，一时又起不来身——最后竟是卫峰的眼神令他刹那间拐了心眼儿——啥时候进来的？卫峰从角落里钻出来，面色暗红，不知道是火烤的还是刚喝了酒。他盯着半蹲在地的廉加海追问，你蹲那干啥？廉加海反问，忙活啥呢？卫峰说，停暖好几天了，掏掏炉灰。廉加海说，正好想跟你要点儿。卫峰问，要这玩意儿干啥？廉加海说，我现在种树了，都说炉灰能养土，树长得快。

撑饱四大编织袋的炉灰，卫峰帮着在车板上堆好，保证车板前后平衡。廉加海咬牙跨上去，腰已经不是自己的了。卫峰问，你这德行能行吗？廉加海说，没问题，进去吧。卫峰没进去，一直站身后望着他蹬出了院的南门。等拐上了街，廉加海才把车停在道边，揉着老腰喘粗气。就是在他刚刚把东西偷偷揣进裤兜儿的那一刻，隔着布料的触觉令他意识到——那不是一块普通的钢板，那是一块钛合金板，医用，当年廉婕她爷爷火化完推出来，胯里装的那个假股骨头就是这种乌银色，烧不化，掂手里轻飘儿，比钢轻一半。廉加海叫不准卫峰刚刚到底有没有看见，他也来不及想更多，职业病告诉自己，该有说道的事，必须有个说道。随后他掏出手机，给郑羽打了个电话，没接，也不知道换没换号码，改发了一条短信，灌了自己一肚子茶水后，咬紧牙继续蹬。

他的腰好像被一双巨手给掰折了。廉加海不确定自己还能蹬多远，当他第一站路过敬康按摩院时，干脆把倒骑驴停下来。他朝屋里喊了两声廉婕的名字，等了两分钟，女儿从门内慢悠悠地走出来。廉婕问，爸你咋来了？廉加海说，顺路，看看你。廉婕说，我挺好。廉加海说，忙不？廉婕说，一般，正打算买肯德基给旷旷送去呢。廉加海说，爸拜托你个事儿。廉婕笑起来，啥事儿啊？还整这客气。廉加海从裤兜儿里掏出那块板，拉过廉婕的手，塞进她手心。廉婕看不清，问，这啥啊？廉加海说，郑羽还记着吧？廉婕说，说啥呢，当然记着，你跟他咋了？廉加海说，我刚才给他发了短信，说好去找他，但我有事儿过不去了，你帮我把东西交给他，沈河分局知道在哪儿吧，离青年公园不远，你打个车去。廉婕说，爸，你没瞎掺和啥事儿吧？怎么还跟郑羽联系上了？廉加海感觉自己的腰可能废了，揪起嘴说，他办案子求我帮个小忙，顺手的事儿。廉婕笑说，不信，吹吧就。廉加海说，不撒谎。待会儿一定打车去。廉婕低下头说，也不知道你们这是唱哪出儿，我都多少年没见过郑羽了。廉加海没在听女儿说话，他脑袋里正盘算，待会儿等廉婕进了屋，他就把倒骑驴停胡同里，打辆车上骨科医院，拍个片子，他真的是多一下也蹬不出去了。廉加海继续说他自己的，他说，今天我接不了旷旷了，我想，往后我也就不去了，让他自己坐车就行，旷旷那么聪明，离家也不远，我想他丢不了。廉婕眨眨眼，问，爸，你到底怎么了？廉加海说，我也得替孩子想，我确实给他丢人了。

四、女儿

二〇〇六年春天，第一个来砖房找廉加海的人，是郑羽。他来的时候，穿的是便服，提着两盒脑白金，一瓶虎骨酒。具体日子是四月十九号，廉婕过世的第八天。当时廉加海的腰只能是强挺着，走路始终用两手撑着后腰，像个老罗锅儿。此前几天，他才刚把自己那点儿家当——也可以理解为破烂儿，搬进这间砖房。他一个人蹬着倒骑驴来回市里，折腾了两趟。砖房在道北这四亩地的西北角，第一批树苗已经抵达，围砖房半圈儿，成排躺着，廉加海自然顾不上，每天从树苗上跨过来跨过去，就在他那间小房里忙活，奖状糊满墙，都是他以前当警察时立功的凭证。郑羽进门的一刻，迎面一愣，好像早都不记得廉加海曾经也是个警察。

房子里还没收拾完，廉加海只能请郑羽一起坐在土炕沿上，脑白金跟虎骨酒也摆上了炕。廉加海对郑羽说，何苦大老远跑一趟，还拿这么贵的东西干啥。郑羽说，之前给人办事儿，别人送的，也没花钱，虎骨酒不错，长骨头能有帮助，试试。廉加海说，有心了，孩子。郑羽说，腰可不能不当回事儿啊，骨折应该在医院躺着。廉加海说，没骨折，大夫看了说骨裂，养着就行。郑羽说，这样就别种树了。廉加海说，本来也不着急，一天种一棵，日子一样到头。郑羽说，叔，小婕的事儿，你应该第一时间跟我说的，葬礼我应该到位。廉加海说，太突然了，确实也没准备。郑羽这才想起，从兜里掏出两千块钱，还没张口，就被廉加海摁住了手。廉加海说，你能来看我，叔就感激不尽了，收回去。郑羽较劲说，这是我爸妈给的，你一定得收。没等说完，廉加海直接夺过钱，硬塞进郑羽的夹克兜里，说，绝对不能收，回家替我谢谢你爸妈，我心领了。郑羽像突然被泄了劲，也不再争，身子塌下来说，当初要不是我妈，我现在可能都不叫你叔了，廉叔。廉加海说，缘分没到，别怪你妈。他又说，你现在过得好，小婕在天上能看见，肯定也替你高兴。说完他发现，低下头的郑羽好像是哭了，伸手揉了把眼角加鼻梁，又抬起头说，叔，你给我发短信那天，是不是就是小婕出事儿当天？廉加海说，对，四月十一号。郑羽说，我那天开会，后来才看到短信，中午就在办公室等你来着，后来再打你电话你又不接。廉加海说，我中午就去医院了，拍片子，手机没在身上。郑羽说，都是那一天啊。廉加海说，赶得不巧。郑羽问，你本来有啥情况啊？廉加海把身子换向另一个角度坐着，腰稍微缓过来一些才说，其实也没啥情况，王秀义家的罐是我送，你知道吧？郑羽说，知道，咋了？廉加海说，我那天进屋，发现她把地板都撬了，就觉着不太正常。郑羽说，这个情况我们也了解，王秀义自己说是家里发水把地板泡了，后来我们跟楼下打听过，没听说哪天漏过水。廉加海点着头。郑羽掏出烟，给廉加海也点了一颗。廉加海抽上一口，说，多少有点儿奇怪。郑羽以点头回应，叔，我明白你咋想的，我刚进警队那年，就跟过一个案子，男的把老婆砍死了，血渗进地板缝里洗不干净，男的就把地板整个撬了，不过那家是一楼，当初为了防潮，地板底下还铺了一层毡子，得亏我们再回去的时候，毡子还没来得及揭，在那上面才找到血迹。你也是在想这个吧？廉加海抽着烟点头。郑羽问，就这个情况？廉加海说，就这个情况。郑羽说，叔还挺老练。廉加海摇摇头，也是瞎合计。郑羽说，其实电话里说就行。廉加海说，本来想当面比较严肃。郑羽烟抽得快，脚下刚踩灭，手上又续一颗，接着说，问题是，郝胜利从失踪那天，车一直停在自己家楼下。廉加海也踩灭了烟，说，人可能真跑了呢，也说不定。郑羽说，郝胜利的社会关系本来就复杂——话紧接又被他打住，只说，叔啊，再多我也不方便跟你说了。廉加海说，理解。

那天郑羽临走的时候，廉加海双手撑腰，硬要送他出门。站在砖房门外，郑羽看着地上一排树苗，对廉加海说，叔，你也该歇歇了，早点儿回家去吧，以后生活上要是有困难，你就跟我说，就当我半个儿子。廉加海说，叔有你这句话就够了。说完他也跟着看地上，说，要不帮我种棵树再走。

廉加海选择把第一棵树种在了砖房朝东开的那扇窗前。树是郑羽种的，廉加海站在一旁，郑羽不让他上手。郑羽开车离开以后，廉加海回到屋里，还是在炕角上发现了那两千块钱，回想一下，应该是郑羽进屋取水桶那工夫。下午三点，廉加海饿了，土灶刚搬进来那天就收拾出来了，改过的土灶也用嘎斯，廉加海开了气，煮一锅水，下了半棵白菜，一块豆腐，就着两张大饼子，吃掉一整碗。吃完了饭，他在屋里晃悠一圈儿，又走出来，站到小树面前，手里攥一把抹墙的小三角铲，面对面端详过一阵，才动手在树干上刻起字来，刻的是一个“婕”字。

那天的太阳，落得很慢。我爸一直站在我面前，好像一尊雕像，直到他又开口说，小婕啊，孩子都没有罪，你说是不是？她儿子是她的命，你也是爸爸的命，爸现在没命了，但我又没死，赖活着，是不是等于我就不存在了？——打那天起，我爸每天都会赶日落那一个小时，拉把折叠凳，坐在我的跟前，有一句没一句地说话。他有时候会抽烟，大多数时候不会，就那么坐着。他时常跳跃着讲起我们一家人的某段往事，好像那是别人家的故事，想到什么说什么，偶尔还会停留在某个小细节上，来回重复。还有段时间，他总叨咕关于眼睛的话题，像做算术题一样。他这么说：以前家里就我们父女俩，一共两只好眼睛，平均一人一只，后来为我姑爷牺牲一只，他又进这个家，三个人三只好眼睛，平均还是一人一只，再后来就有了旷旷，四个人有五只好眼睛，平均每人一又四分之一只好眼睛，如今只剩下我们爷儿仨，还是五只好眼睛，我不会除了，但平均数肯定是更大了——原来咱们家的好眼睛一直在变多，按理来说，生活应该是越过越好，这个账没算错吧？他每次算完一通，自己还会再补一句，肯定没错。几年之后，当我已经长得很高，身上生出大大小小人眼状的痂，某天他突然绕着我观察了很久，嘴里嘀咕，小婕啊，原来你有这么多的眼睛，一定比我们看得都多，我们谁也比不上你看得多了。

透过砖房的小窗，我能看见自己的黑白照片挂在墙上，旁边还有一张我们一家四口的合影，是彩色的，那张照片当初是我提议拍的，在马路湾的生生照相馆，当天是旷旷五岁的生日。从照片里看，属于我们家那八只眼睛都是完好无损的，最亮的一双，是属于旷旷的。

郑羽走后的第二天中午，我爸正浇水的时候，接到一个电话，是那个叫王秀义的女人。电话里，她管我爸叫大哥。我爸对她说话的语气，跟平时不太一样。王秀义说，自己就是想问问他怎么样了。起先我爸没怎么说话，就听王秀义一直说。她说，郝胜利可能不是失踪，很可能是死了。一开始她还安慰自己，这辈子就是被男人抛弃的贱命，郝胜利不过也是腻了而已，回到了他自己的家，现在她觉得，如果郝胜利是死了，自己心里反倒舒服一点儿。她问我爸，会不会觉得她冷血。我爸也没接话。王秀义又问，报纸跟新闻看了没有。我爸说，这没电视，也不给送报纸，但他在半导体上听了。王秀义说，上礼拜又死了两个人，都是郝胜利的人，是一对双胞胎，算是他的左膀右臂。我爸依旧面无表情，承认这个没听报道里提过，光说都是被利器从脑后勺儿敲死的，尸体一个被扔在浑河边，一个在北站附近的胡同里。王秀义说，警察现在怀疑是仇杀，郝胜利干拆迁这么些年，冤家数不过来，应该是激着了哪个不要命的，杀一个是杀，三个也是杀，郝胜利可能就是第一个，尸体没找到而已。我爸反问她，你给我讲这些啥意思？王秀义说，没别的意思，就是想让你知道，我知道你关心我，不然上次来家里，也不至于说那些话。我爸说，早知有今天，我一句都不带问。王秀义说，她确实再没有人可以说这些了。我爸最后对她说，你要是不愿意说实话，就挂了吧。挂掉电话，我爸放下水桶，直接进屋上了炕，当时刚过中午十二点，他一直睡到第二天清早。

新开来找我爸那天，已经是半夜，他骑一辆摩托车，人是醉的，后坐垫上绑了个长条的东西。他把车停在砖房门外，卸下东西，摘去外面裹那两层挂历纸，里面是一杆猎枪。我爸从屋里出来，被他吓了一跳，问他到底喝了多少酒。新开叫了声爸，说，你别害怕，给小婕报仇的事，就交给我，你不用管。新开被我爸拉进了屋，摁坐下，还一直要酒喝。我爸说，别喝了。新开就突然哭了起来，说，爸，我要报仇。我爸说，孩子啊，你傻透腔了。新开又问我爸，你不是说找到卫峰了吗？人在哪儿呢？说话不算数？我爸说，昨天又接到电话了，卫峰说他一定会来，叫我先别再找他。你赶紧把枪送回去。新开说，我不回去，我就搁这儿等他，只要他有胆儿来。说完自己又哭了。我爸说，卫峰是个说话算话的人。我爸又说，他这两天在想，可能有些仇，根本没有仇人。他一辈子的仇，都不知道找谁报。新开抹着眼泪说，爸，我听不懂。我爸说，这件事你再也不要管了，我会处理，你现在就回机场去。

那天晚上，新开还是在砖房里睡了一宿，他太醉了。第二天，天蒙蒙亮时走的，临走前给我爸跪下磕了个头，心里清楚爷儿俩下次见面不知道要哪年哪月了。我爸说，回去好好认错，其他你放心，爸会办妥。——说起来，我爸跟我丈夫，都是信守承诺的男人——其实卫峰也跟他们是一样的人。听说一样的人，最后都会越长越像。新开出狱以后，每个月都带旷旷过来一趟，他们爷儿俩喝酒，旷旷就在野地里自己玩。据我观察，新开跟我爸确实越长越像，生人可能当成亲父子。旷旷倒是跟他们不太像，他会撒谎，而且越来越淘气，但跟他爸爸一样也喜欢枪，夏天拎一把滋水枪，胡乱往哪棵树底下浇水，后来闹他姥爷给买了一把塑料手枪，可能因为我正对窗口，他从屋里往外射时，专爱瞄我，偶尔也瞄我头顶落的麻雀和乌鸦。还好是塑料子弹，打在身上不疼。旷旷直到上高中，每年还会来这里住上一段时间，那几年里，他个子蹿得比我还快。

原来我在陪着他一起长大。

卫峰是最后一个来找廉加海的人，廉加海一直在等他。那天是四月二十八号。卫峰到的时候，是黄昏，太阳还没落山。他先坐大巴到机场下车，自己两脚走了五公里过来，灰头土脸。他跟廉加海俩人第一眼见到时，彼此点了个头。卫峰点一颗烟，站在砖房门口抽。廉加海说，等你半个月了，为啥才来？卫峰说，得留时间安排后事，操。廉加海说，以为你跑了。卫峰说，能跑哪儿去。王秀义是不给你打过电话？廉加海承认，打过。卫峰问，都说啥了？廉加海说，啥也没说，但我心里有数儿。卫峰说，事情本来走不到今天这步，算你倒霉，我也认。廉加海说，我就想知道，到底是王秀义，还是她儿子，谁？卫峰踩灭烟头，说，现在唠这个还有啥意思。廉加海说，我就是想弄明白。卫峰说，让你弄明白，就他妈都白忙活了，你永远也明白不了。不可能让你明白。廉加海说，那你又图啥？卫峰不说话，又点起一颗烟。廉加海说，对她有感情。卫峰说，操。那天你要是没赶上我正掏炉灰，你还能猜着？廉加海说，不是猜，家里地板撬了，厨房那把张小泉的剪子跟菜刀都不见了，我就明白一半了，要不也不会进锅炉房找你。卫峰说，你他妈就是赶巧，操。

廉加海跟卫峰一直站在门口，天都快黑了。廉加海双手撑着腰，伤又犯起疼来，还问，那台车也是你给开回去的吧？卫峰不耐烦了，说，咱俩别搁这儿废话了，再磨叽我可能改主意了。廉加海说，你可以自首。卫峰说，那孩子马上高考了，你知道吗？廉加海说，知道。卫峰说，他肯定能考上好大学，将来出人头地。廉加海说，我相信。卫峰说，我可以死，但不能自首。廉加海说，明白了。卫峰说，我答应来，你也得跟我保证，保证不再动她娘儿俩。廉加海说，我谁也没想动，证据都没了，但我得给我女儿要个说道。卫峰点头。廉加海说，你招儿挺高明，警察注意力都被你转走了。卫峰说，你说那对双胞胎？都他妈惦记王秀义，多陪两条命，郝胜利不冤。廉加海说，是三条命，三条，还有我女儿。卫峰又点上一颗烟，抽掉一半才说，那天我骑车跟了你一路，以为事儿能在咱俩之间解决。廉加海接话说，把我也整死，不差我一个。卫峰摇头说，没想到那步。我真不是故意推她的，知道她看不见，我就想抢她手里那个塑料袋。她要是直接去找警察，不是先给孩子送饭，也就没现在了。廉加海说，历史不能倒退，那天我不该先去医院，我的命不值钱。卫峰说，电话里说了，今天就是来偿命的。他从怀里掏出一包耗子药，又说，有备而来的。

那天，两个人一直在砖房里喝到深夜，直到卫峰抽光最后一颗烟。他揣了三包烟来。喝到一半时，廉加海还用土灶顿了一锅酸菜，切了半块五花肉下进去。肉是他前天早上在农村大集上买的。卫峰正对着窗户坐，窗半敞着，往外是一片空地，跟那棵孤零零的小杨树。他望着窗外说，把我埋窗根儿底下，够胆儿咱俩做个伴儿。廉加海说，立个碑也行。卫峰说，啥也不要，记住，我不是死了，我是不存在，没人会找我。廉加海说，我可以给你种棵树。卫峰始终望着窗外，说，我看那棵就不错，现成的。廉加海说，随你意。卫峰又说，树长在我身上，我就又存在了，操。廉加海补充说，一年四季都存在。

五、皮带

郝顺利出狱时，能带走的只有一根岁数比自己还大的皮带，跟一个破皮包。十七年了。身后的监狱大门，远没有自己记忆中那么牢不可破。不能回头，是规矩。门的大小，不是关键，反正他进出都是走那道小门——从大门里掏出来的小门，像一个记忆的破洞，很多人从这个洞里进出，有的活着，但没模样了，有的模样还在，但人没了。他的亲弟弟，唯一的亲弟弟，郝胜利，人就没了——也已经十三年了。谁说不快呢？想想都吓人。又是个春天。

坐大巴往市里去的一路上，郝顺利拿他的破包占着身边的座，中间上了一拨儿人（他暗自惊讶几乎每个上车的人都是拿着手机对司机身旁的“收款机”拍一下，根本没人投币），其中一个年轻小伙儿跟一个四十多岁的老爷们儿，先后盯上了他身边的座，但都在跟他对过眼神之后拉倒了。到太原街站，下去一拨儿，上的不多，一个小姑娘，瞅着也就六七岁，扎俩小羊角辫，手领着她妈，晃悠到郝顺利跟前，盯着他的破包，嘴里嘟囔——“顺、利……球”——小模样挺招人稀罕，估计是刚上学还不认几个字，中间“保龄”俩字卡壳了。郝顺利拎起包，撂腿上，腾出座来，冲小姑娘点个头，小姑娘没动，反攥她妈的手更紧，报信儿似的，郝顺利再抬头看，她妈正打量自己，烫个大波浪，长得挺带劲，俩人眼神一碰，妈妈马上撇开脸，跟闺女俩默契地一齐假装看窗外。郝顺利又把包放回旁边座上，倒没别的，就是合计自己在号儿里这些年也没少读书，气质一点没有改变吗？多少是失望。说起来，自己打小儿就吃了读书少的亏，本来都说他比弟弟胜利聪明。一岁不成驴，到老驴驹子。亲娘的这句口头语，本是骂弟弟的，因为胜利从小更浑，只不过是窝里横，就敢跟自己哥耍无赖，哥哥本来是懂事儿那个，爱上学，好看书，可自从兄弟俩从山东来到沈阳那天，哥哥就变身浑的那个，弟弟读到高中毕业，甚至还差点儿考上大学，哥哥初中就被开除，从学校打架到街头斗殴，才发现自己以前不是懂事儿，是没摊上事儿，摊上了，自己也可以狠，他必须护着弟弟——为啥总挨欺负？因为他俩没爹。本来有，后来丢了。六三年，爹自己个儿从山东跑到沈阳来，明面上说是家里穷，闯关东，实际在农村老家摊上了人命案——喝完大酒赌博，碰上邻村出老千的，一扁担失手把老千呼死了，不跑不行了。那年郝顺利五岁，郝胜利才刚满月。跑之前，爹跟娘交代，一过山海关就找个城市落脚，安顿好了就来信，把娘仨儿都接过去。娘信了，带俩儿子原地留守，忍着死者家属的追讨跟打骂。逼债，卖了家还，要命，打不死就忍，就忍着，一年完了三年，三年完了八年，娘仨儿最后靠要饭过活，一封从东北来的信也没等到，才终于醒过味儿来，爹就算没死，也丢了，但是没死就得找，娘仨儿该走了，去东北，一路找闯关东的老乡打听，听说爹留在沈阳了，找了个寡妇过上了。娘没哭，郝胜利也没哭，唯独郝顺利哭了。娘骂他，哭你奶奶个腿儿，没出息，你爹又没死你哭啥，咱娘仨儿就不是个家了？你是老大，娘还指望你呢。郝顺利憋回去了，打那以后，再没掉过一滴眼泪瓣儿。

直到车停在北市场，郝顺利身旁的座位，始终没人沾过屁股。下车是中午了，果真是春暖花开了，路人的精神面貌都比冬天要支棱起不少。郝胜利拎着他的破包，下身的确良裤子被风一吹，也没有郊外刚走出来时那般凉了，只是在号儿里最后这两年，人瘦了太多，皮带系最里的扣眼儿，裤腰还是直往下掉。他人被夹在皁新一街跟皁新二街中间，背后是北市场的万顺啤酒屋，三十多年了，店还挺着呢，如今听人说还成了网红店了，隔着半弧形的玻璃，能看见有年轻人一边吃饭一边架着个手机直播，嘴里嘚嘚咕咕也不知道白话啥呢。吃个饭有啥好看的？比起吃饭，他更需要洗个透澡，所谓洗尘，也是出来的规矩。但曾经就在左手边的鹤凯洗浴，不见了，原址盖起来一排仿古三层小楼，配合皇寺广场的整体改造，皇寺庙会这两年挺红火，平日到晚上人可多了，郝顺利在新闻里看过。鹤凯的老板三利子，打小就跟郝顺利在北市场玩儿，本来合计找老人儿叙叙旧，顺便打听点儿事。算了。他这才回想起来，在号儿里听人提起过三利子去南方了，扫黄那年走的。人走了，买卖当然就不干了。他逮住一个扫大街的打听，附近哪还有洗澡的地方，扫大街的给他指了一个新开的洗浴，往北再走五百米，立交桥底下右拐就是。对方外地口音，但指起路来比郝顺利更像坐地户，郝顺利问他是不是山东人，原来是河南的，难怪口音接近，来沈阳五年了，老婆孩子都在农村，自己刚来的时候，做小买卖被人骗了，不想就这么回老家，扫大街是过渡一下，寻摸着合适机会，再干点儿别的。郝顺利回想刚在公交车上听人打电话，就有好几个地方的口音，沈阳现在外地人比早先多了不少。不是说经济不活跃吗，不活跃还这么多外地人，哪来的呢，这不挺活跃吗？郝顺利瞎琢磨这会儿工夫，河南人掏了颗烟递给他，问，你是刚来打工的？郝顺利没回话，也没点头，安静地抽烟。这个河南人，是今天出来以后，真正意义上第一个跟自己说话的人。他觉得挺有意思，多问两句，得知对方从来沈阳的第一天就住北市场，突然很想再问，听说过郝胜利没。还是嘴懒了，一个扫大街的，知道那点事儿也都是江湖传言。关于他们郝家哥俩儿的传言，在北市场遍地都是，没几句可信的。对方见郝顺利不接话，又问，大哥，瞅你今年有七十了吧？郝顺利这回没忍住，乐了，但还是没点头。头发全白，看着像七十也正常。一颗烟没抽完，郝顺利就往北走了。

浴池挺干净，人也不算多。郝顺利靠在池子边，踏踏实实地眯了一会儿。睁眼搓了个澡。搓澡的是个扬州师傅。

师傅带点骄傲地说，扬州搓背，全国第一。郝顺利纳闷儿，你第一，你往东北跑啥？下岗这么些年，都是东北人往南方跑，如今咋还反过来了？师傅说，你们沈阳洗浴市场需求大啊，现在好多外地游客专门来沈阳体验洗浴文化，来了有钱赚。郝顺利对南方人有点偏见，跟他早年去浙江和广东做买卖连着被骗有关。南方人一个个都是心眼子包，转悠不过他们。就拿搓澡这事儿来说，搓干净就得了，现在哪整这么多花活儿，一句一问，打盐还是打奶？红酒搓还是醋搓？郝顺利反问，你们扬州这么多事儿呢？不就是加钱吗？你消停会儿行不？师傅说，大哥，你不常搓澡吧？现在每家店都是这套流程，都是你们沈阳人自己发明的，老板要求流程必须走，我也是个打工的。郝顺利被噎没话了，心里突然不太得劲儿，不是针对这个扬州人，是针对自己。他问，你知道这个地方以前是干啥的不？师傅问，干啥的？郝顺利说，顺利保龄球。我就是顺利。师傅问，你开的？大哥是老板？郝顺利说，名字是我的，但不是我开的，我弟弟开的，他叫胜利，是他给我开的。师傅说，那你有个好弟弟。郝顺利说，你肯定不认识他。师傅说，我当然不认识你们这些大老板。郝顺利说，在北市场，没人不认识他。师傅说，估计我们老板肯定认识。郝顺利说，没错，赶紧搓，搓完把你们老板喊出来，你就说郝顺利找他。

郝顺利从洗浴中心出来时，他的破包里多了一万块钱现金，一部苹果手机，一张没注册的电话卡。都不是他要的，是广达主动拿的——洗浴的老板广达，弟弟郝胜利的发小儿，他看着一起长大的小崽子，如今不光是这家洗浴的老板，在北市场还有两家饭店，两家歌厅，一个二人转剧场。曾经在保龄球馆给郝胜利看场子的，如今是北市场最有号的人物了。风水轮流转，郝顺利没什么不平衡的，更不用说，胜利都死了，总有后来人。广达算是讲义气的。他回忆起来，多少年前，顺利保龄球刚开业不久，就被十二线的大老刘盯上了，总带一帮人砸场，有一回，他自己被一帮人给堵在鹤凯洗浴后身那条胡同里，挨了好几闷棍，后屁股被扎一刀，人躺地上了，要不是广达赶来救命，说不定他早就走在弟弟前边了。就冲这一点，也该轮到广达发财。郝顺利是想跟他打听，十三年前，弟弟胜利的死，他知道点啥——结果跟自己在号儿里听到的小道消息一样——当年郝胜利因为民族电影院隔壁那片地动迁的事儿，跟一个韩国的开发商结了仇，对方找到两个鲜族人做的，包括他那俩左膀右臂，双胞胎，大龙小龙。后来社会上也都接受了这么个说法——唯独有一个人不接受，就是郝胜利的媳妇，郝顺利的弟媳。弟媳咬死了郝胜利是被他外边那个姘头整死的，这也是弟媳在郝胜利死后，唯一一次探监郝顺利时带去的话。话说起来，那么多年，郝顺利对这个弟媳基本就没正眼儿瞧过，不着调的玩意儿，年轻干过三陪，郝胜利开酒店那会儿，别人介绍来干大堂经理的，没几天就跟郝胜利睡一起了，睡出了孩子，算赖上了。你要非说，郝胜利是死在女人手上，那也是早就死在她这个败家娘们儿手里了。女人到头来只会恨女人，从来不会真的恨男人。如今自己出来，他还愿意跟这个弟媳见面，就算不是冲自己弟弟，也冲自己还有个亲侄女。刚在洗浴中心用广达的手机，给弟媳打了个电话，就近约在万顺啤酒屋，见面的条件有一个，带上侄女。

洗浴中心往回走五百米，坐进万顺啤酒屋，一盘蛋炒面，一碟小菜，一个扎啤，郝顺利放慢速度，坐在窗边吃着等。大狱蹲了十七年，不知道啥叫慢下来，尤其是吃饭。这老破店，最好的就两点，三十多年了，口味没变，环境没变。郝顺利环顾，那根被烟头熏黄的顶梁柱，其中就有不知多少是他拿烟头捻上去的。再往边上瞧，一面墙的老照片，位置可能变过，但照片里的人还是那些人。郝顺利瞪眼半天，搜寻一张老照片，果然还在——十来个老爷们儿，没有超过四十岁的，一律光着膀子，通红的脸，胳膊架胳膊地搂成一排，正中间是他跟弟弟胜利，左右还有广达、三利子、瘸坤儿、大龙小龙，还有两个叫不上名字的，听说一个人没了，一个变植物人了，那时的北市场，还是这帮人的北市场。面吃到一半，两个女人进来了，郝顺利的目光一直跟着身后的侄女，大姑娘了，今年有二十几了？他也没数了。两个女人坐下来，郝顺利细端详，打扮不正经，一看就是进社会混了，不过长相一点没随妈，像胜利，太像了，那就等于像他这个当大爷的，从小谁都说他们郝家哥俩儿长得跟一个人似的。弟媳开口，叫大爷。侄女不吱声，狠呆呆地盯着郝顺利看。郝顺利还有点儿想笑，不知道咋回事儿。弟媳又说，让你叫大爷。侄女回嘴，有事儿你们就说事儿，非他妈拽我来干啥？郝顺利终于乐了。他还真就稀罕这孩子，奇了怪了，这就叫骨血。弟媳说，哥，你找我，我来了。

郝顺利还是没正眼儿看她，问侄女，多大了？侄女又不吱声。弟媳接话，二十五了呗。郝顺利问，在哪儿上班呢？弟媳说，上个屁班啊，瞎晃悠。侄女开口，说，装什么逼，你强哪儿去了？弟媳说，哥，看见没，就这德性，我能咋办？侄女说，到底有事儿没？没事儿我他妈走了。弟媳不吱声了。

郝顺利说，你四五岁那时候，我领你上南湖公园，玩碰碰车，还记着不？侄女说，上哪儿能记着去。说完掏出炫赫门，点了一颗。郝顺利能听出来，侄女跟自己说话的口气，比跟她妈软和，同时发现侄女看见了桌角放着的苹果手机和电话卡，问，这手机往哪儿插电话卡啊？我鼓捣不明白。侄女拿起手机，翻了个个儿说，你这是好几年前的老款。郝顺利问，能用不？侄女，用肯定能用。郝顺利说，那你帮我弄弄呗。侄女盯着卡槽上的小洞，说，要针。没有包装盒啊？郝顺利说，别人给的，拿来就这样。侄女说，牙签也行。随后起身去吧台，跟老板娘要牙签。郝顺利望着侄女背影，说，孩子挺好的。弟媳说，小时候挺懂事儿，胜利走了以后，就变了。郝顺利终于正视弟媳的眼睛，弟媳反倒把眼睛躲开。郝顺利说，死人你赖不着了，孩子没错，都是当妈的错。弟媳嘟囔一句，我还不想活了呢。郝顺利问，让你带的东西呢？弟媳打开小挎包，掏出那张照片，递给郝顺利——照片中是母子俩的合影，女人挺漂亮，有股劲儿，看起来也就四十岁不到，男孩十五六岁，眉清目秀，比母亲高一头，面无表情，胳膊被母亲搂得很紧，母亲笑得挺开。弟媳说，就这女的，王秀义，跟他儿子。这是十几年前了，她现在肯定老了，变啥样儿了不知道，人也不住在原来的地址了，地址在背面。早些年我去找过她几次，她耍无赖，咬死说警察结案了，胜利的死跟她没关系。但她骗不了我，胜利的死就是跟她有关系。哥，现在你回来了，你得做主。郝顺利反说，做啥主？我又不是包公。弟媳说，你明白我啥意思。郝顺利问，啥意思？弟媳说，杀人偿命，那是你弟弟。郝顺利说，用他妈你告诉我？弟媳闭嘴。郝顺利说，看不住自己爷们儿，早干啥去了？我就说一个事儿，你这辈子，不能再嫁，孩子永远也不能管别人叫爹，我老郝家丢不起人，明白不？我没孩子，这是咱家最后的孩子。弟媳装听不见，撇过头，望着女儿回来坐下，捏着牙签捅起卡槽，塞进电话卡，开机，屏幕亮起一个被咬了一口的苹果，交给郝顺利。侄女说，好了。郝顺利说，电话号是多少啊？侄女说，你俩打个电话不就知道了？还有事儿吗？没事儿我上班去了。弟媳说，陪你大爷再坐会儿。侄女说，搁这坐着，他给我钱啊？侄女的眼神落在桌上那张照片，突然高音，多少年了？还搁这儿破案呢？你们真逗，纯他妈闲的。死人都死了，活人不活了？以后再唠这点逼事儿，少他妈叫我。侄女甩脸走了。郝顺利透过玻璃，一路目送她过了马路，才开口，说，不是没班上吗，干啥去啊？弟媳说，跳舞。每天去舞厅跳舞。

跟着照片背面的地址，郝顺利来到中医药学院家属楼下，小区正中心挖出来个大坑，一座小假山装在一辆大板车上，司机估计是吃饭去了，山就立在车上，还落了只喜鹊。楼里有人搬家，看样子像快拆迁了。郝顺利对这里不算陌生，原来楼底下有个卖盒饭的，楼背后是个操场，操场再往北就是中医院学院，当年娘得骨癌，扩散了，西医判死刑了，但是死马得当活马医，郝顺利带着娘来这里看中医，中午就来这楼下买盒饭。娘后来喝了一个月中药，气色还真见好。娘在最后的日子里，说了一句话——娘这辈子，太苦了，比中药还苦。那天娘哭了，郝顺利没有，他早就不会哭了。想着想着，郝顺利上到五楼了，右手边就是王秀义家。门上贴着一张纸条：

此房出售，房主不在，看房请联络本栋一楼房产中介，就说看五楼王先生的房子。

一楼的房产中介，就是民宅把外墙打通的南屋。郝顺利走进去，一个男人靠在沙发里睡着了，瞅着四十出头。郝顺利也没叫他，坐在沙发另一头，点上一颗烟抽，男人闻着烟味，睁开眼睛，差点儿吓蹦起来。哎我操，你干啥的啊？郝顺利说，看房。男人摩挲一把脸，哎我操，你他妈想吓死我。也点上一颗烟，问，看五楼那家？郝顺利说，对，你咋知道呢？男人说，这都要动迁了，别人都等拿动迁款呢，就他家这时候卖房。俩人安静了会儿，同时抽完各自的烟，男人拿上钥匙，锁好门，跟在郝顺利后面上楼。

空房。暗红色的瓷砖铺满地，角落裂了好几块。客厅墙上钉着一本挂历，时间被翻到二〇一八年四月，一年前。画里不知道是哪个国家的风景，断崖，大海，天灰蒙蒙。郝顺利在号儿里最爱翻的书就是旅游杂志，他猜是苏格兰，或者格陵兰岛。男人打着哈欠，一边介绍房子，一边用钥匙链上拴着的折叠万能小刀上的耳勺掏耳朵。郝顺利一句也没听清楚，问，房东人呢？男人说，应该是在国外。郝顺利问，多大岁数？见过吗？男人说，见过，三十多岁。郝顺利问，姓王？男人说，对。郝顺利问，这原先是不是母子俩住？男人说，那不知道，我才来半年，这房子三个月前才挂出来，咋地，你认识啊？郝顺利掏出照片，指着被母亲搂紧胳膊的男孩，问，是他吗？男人瞅照片一眼，又瞅瞅郝顺利，认不出来。你到底是找人，还是看房？郝顺利说，看房也看人，上一家的风水，都留在房子里，得看人才知道风水。男人有点不痛快，说，看人，你会相面啊？都说了，人在国外呢。人家大老远跑回来让你相面啊？郝顺利说，那你把对方电话给我，聊两句。男人乐了，说，大哥，我干中介的，你们上下家联系，把我踢了，我吃啥？你可真幽默。郝顺利说，我买房，他回来不？男人说，那必须回来啊，合同是你俩签，房产证更名也得本人到场。郝顺利说，这房子，我买了。男人不耐烦了，收起折叠小刀，说，大哥，你是不泡我玩儿呢？郝顺利，不泡你，咋地你能相信呢？男人说，不知道，你说呢？郝顺利说，给你定金，能相信吗？男人问，多少啊？郝顺利说，你说。男人说，这房子挂五十万，你说。郝顺利说，一万。男人问，啥时候？郝顺利打开他的包，亮出那一万块钱的现金，说，你让我跟房主通个电话，聊几句，这一万就给你。男人说，真的假的？郝顺利说，你磨叽不？男人说，他电话我没存手机，记电话本上了，电话本在楼下。郝顺利说，你下去拿吧，我等你。男人说，你不跟我下去啊？郝顺利说，我再看看房子。男人不动地方。郝顺利说，咋地，空房子，我还能偷啥？男人说，那行，你等我。郝顺利说，你那个小刀借我下。男人说，干啥啊？郝顺利说，给我。男人像是接到军令，从钥匙上卸下来那把折叠小刀，递给了郝顺利。郝顺利说，去吧，不着急。男人又乖乖听话出门，门没关，留了道缝儿。

郝顺利在客厅中央立了一会儿，面对冲北的窗户，缓缓地，盘腿在地板上坐下，抽出腰间的皮带，铺在面前，捋平。皮带很细，只有一指半宽，女款，是娘当年领着他们哥儿俩来沈阳第一天买的，一直系到死。娘说，从此咱们娘儿仨就要勒紧裤腰带过日子了，勒紧了就饿不死。郝顺利虽然个儿不矮，但瘦，蹲大狱这些年，肚里没油水，比当年更瘦了。他们哥儿俩都瘦，后来生活好点儿了，也都没胖起来，用娘的话说，就是在山东老家要饭那些年饿的，胃没撑起来。郝顺利抠出折叠刀里的小刀，够尖，用手指比量出两个扣眼儿之间的同等宽度，照着最里面，顶下刀尖，来回地钻着，他要给皮带再捅一个眼儿。下午三点的太阳，不知何时被乌云裹走了，天空悄悄拉上了窗帘，仿佛有人想让他提前进入睡眠。郝顺利对抗困意，手中的小刀不停钻，像一个钻木取火的原始人。原始人掉进了更原始的记忆里，那记忆里的某一天，下大雪，他跟娘被困在距离此地再往北三百米外的一栋红砖楼里，走廊里弥漫着中药味儿，有一种浓香，令人踏实。娘刚复诊出来，跟自己的大儿子挨着坐在走廊，等取煎药。娘搂着儿子的胳膊。她此生都没有那样亲近地搂过他。郝顺利闭上了眼睛，闻着药味，刀仍在钻，他忘了自己几岁了。他是被一个电话吵醒的，电话那头是另一家医院的护士，告诉他，他的弟弟，必须手术了，弟弟脑袋里那块被仇家削掉的头骨，必须用一块钛合金板给补上，须要家属马上签字。他的弟弟，为了一个女人，差点儿把命丢了。他气不过，他这辈子，只能为一个女人丢命，那就是他们的娘。娘对他说，去吧，去救你弟弟。他说，我得先送你回家。娘说，我自己能找回家，取了药就回去，你快走吧。他听娘的，他总是听娘的，于是他真的走了。娘被留在了那一条弥漫着中药味的走廊。洞钻透了，几十岁的皮带上长出一个新的扣眼儿，重新被穿进他的裤腰上。等他站起来，就知道裤子还会不会往下掉了，但他此刻并不急着站起来。

六、沈阳

山崎川是名古屋赏夜樱最经典的路线，吕旷几乎是全程被欧阳阳拖着，沿河边走了小两公里。樱花早就在前面三天被他看腻了，加上刚刚从居酒屋里酒足饭饱出来，吕旷早困了。欧阳阳拉的是他的手腕，没有牵手。这样不失亲昵，彼此又都放松。欧阳阳果然是聪明女孩，心里自有轻重，上过床也不等于他们俩就是男女朋友，牵手那就是另一回事儿了。

横跨一道小桥时，一对儿身穿和服的年轻日本情侣从他们身旁经过，女孩染着黄头发，两绺长鬓角打卷儿，撑把纸伞，伞顶画的也是一片樱花。吕旷把手腕从欧阳阳的手中收回来，掏出手机，对着那对儿情侣下桥的背影拍了一张，闪光自动忘了关，一圈儿白光将对方包围，情侣双双回眸，男孩的眼神里露出错愕。欧阳阳赶紧又拉起吕旷的手腕，从反方向下了桥。等拐到河的另一边来，欧阳阳才说，刚才那样不礼貌，日本人胆子小。吕旷揣回手机，说，当年侵略咱咋没见胆子小呢。欧阳阳打他一下，说，你怎么也这么说话。吕旷说，我发现日本人还挺会起名的。欧阳阳问，怎么呢？吕旷说，猪肉不叫猪肉，叫豚肉，鸡翅不叫鸡翅，叫手羽先，河泡子不叫河泡子，叫川，名起得洋气，听着一下就上档次了。欧阳阳说，你真没劲，好心带你赏夜樱，气氛全叫你破坏了。吕旷说，本来的嘛，这不就是个河泡子？一步都能跨过去。欧阳阳说，不想跟你说话。说罢扭头朝前大步走。吕旷就在她身后跟着，樱花瓣浮在窄而浅的河水上，从两个人的右手边缓缓前进。吕旷还是不觉得晚上的樱花比白天好看到哪去，麻木是真情实感。

回到小公寓里，两个人洗过澡后，做了一次。欧阳阳租的地方很小，目测顶多十五平，卫生间比火车上的厕所大不多少。宽不足一米的单人床，两人得并排侧身才能挤下。欧阳阳又冲了遍水出来，钻回吕旷怀里，把他的手搭在自己腰上，脸贴脸地说，你眼睛真好看。吕旷说，我一直有个问题，问了你别生气。欧阳阳说，可不保证，你问吧。吕旷问，你到底是姓欧阳还是姓欧啊？欧阳阳瞪起眼说，我咬死你！你是真不知道还是跟我演呢？吕旷说，是真不知道。欧阳阳尖声说，姓欧！欧！同学三年，你太让人伤心了！吕旷说，咱俩又不是一个班的，我听你们班同学都管你叫欧阳啊，我上哪弄明白去。欧阳阳说，他们那是故意的。吕旷说，我看是你父母故意的，肯定觉得复姓洋气，故意给你起这名字，混淆视听。欧阳阳说，我发现你这个人，真的是挺讨厌，再说我真生气了啊。吕旷闭嘴。欧阳阳翻了个身，脸冲墙，又拱了拱屁股，换面重新贴紧吕旷的肚子。欧阳阳说，那我也问你一个，高中那三年，你为什么没跟我说过话？吕旷说，这得问你吧，那时候我不就是个透明人吗？你多优秀啊。欧阳阳说，你说话就不能不阴阳怪气的？吕旷说，实话啊。欧阳阳说，你应该再考个大学。吕旷哼了一声，上大学有没有用，你还不清楚吗。欧阳阳朝墙叹了口气，算了，不跟你说了。说罢，她的确没再出声。吕旷主动把前胸贴满她的后背，皮肤滑溜溜，像怀抱着某种小动物的幼崽，下面又硬了起来，刚想试探，有细细的呼噜声传到耳边。吕旷静止下来，对欧阳阳的后脑勺儿说，告诉你个秘密，这次来日本，是我第一次坐飞机。

吕旷上高中那三年，说是透明人可能有些夸张了，但平平无奇是真的。高中学校管得严，学生一年四季穿校服，想引人瞩目只能凭长相，最次靠才艺。吕旷自认长得一般，身无长艺，七岁在武校学那几招套路武术，最后一次登台表演还是初一那年文艺汇演，后来自己都觉着像耍猴儿，谁再撺掇都不上当了，打那再没跟人提过小时候上过武校的事。三年，吕旷几乎也没什么特别要好的朋友，集体活动也从不参加，足球篮球一个不爱，早恋也跟他不挨着，最常干的就是躺在宿舍里看漫画，也喜欢翻图书馆里的军事杂志，这两样都可以帮他减少刷手机的时间，当时很多同学喜欢偷偷聚在厕所里打“王者”，吕旷都替他们爸妈心疼话费。虽说也有一两个女同学给他递过情书，不过吕旷心里清楚，对方选自己当目标，无非因为她们自己也都是平平无奇的存在，先价值比对，再资源匹配，那不叫恋爱，那叫配对儿，吕旷觉得太可笑了。他在高中三年唯一得意的事，是学校批准了自己的住校申请，本来家离学校不远，不符合住校资格，但班主任了解过他的家庭状况后，多半出于对他的同情，特批了。吕旷一周只有周末回家，而周六日正是父亲赶八一公园卖鸟最忙的两天，父子俩见面时间基本就是两个晚上，吕旷已经很知足了。到了寒暑假，他有一半时间都去姥爷在国道边的那个小砖房里住，父亲也不拦他。直到二〇一七年，吕旷去了北京，他再也不用费尽心思地躲父亲了，他把整个沈阳都躲开了。

吕旷从小床上醒来时，欧阳阳妆已经化了一半。吕旷看手机，快中午十二点了。欧阳阳说，下午带你再吃一家寿喜锅，就送你去车站。吕旷起身，站到欧阳阳身后，盯着镜子看她化妆，自己全裸。欧阳阳回避着他的目光说，穿上点儿，羞不羞。吕旷觉着无聊，进卫生间简单冲了一下，出来套上衣服，拉开窗帘，楼下的街道很干净，离大马路远，零星有行人跟车辆经过。

下午那顿饭，吕旷还困着，胃没醒透，只拣了小锅里几片和牛吃，裹着欧阳阳替他打好的生蛋液。吕旷倒是对那颗鸡蛋起了兴致，不停问欧阳阳，日本这鸡是怎么养的？生吃肚子里不长虫吗？中国的鸡蛋可以这么当佐料吃吗？欧阳阳说，鸡是无菌环境养的，你回了北京，去进口超市肯定有卖，估计就是贵一点。她直接让吕旷记住两个牌子，回去照着买就行。欧阳阳又问，你吃饭有什么怪癖吗？吕旷问，什么算怪癖？欧阳阳说，我不吃香菜，葱也不吃，一顿饭不能同时吃三种以上的肉类。吕旷说，毛病真不少。我不吃肯德基。欧阳阳说，这算什么怪癖。随后她转移话题，问吕旷，你之前一共有过几个女朋友？吕旷反问，你是说正经的？欧阳阳一口苏打水喷出来，那你还有多少个不正经的？吕旷放下筷子，装模作样地扳起手指头，从左手数到右手，接着对欧阳阳说，把你的手给我。欧阳阳中计，伸出手问，干什么？算命啊？吕旷说，我十个手指头不够用。欧阳阳狠狠打吕旷的两只手，吕旷反应快，只命中左手。欧阳阳气哼哼地说，上学那时候怎么没发现你是这么坏一个人呢。吕旷说，上学时候你就没发现过我。欧阳阳收起表情说，其实我认识你，也知道你名字。你住校，头发特别长，晚饭点儿总碰见你从宿舍里出来，头发永远湿漉漉的，在夕阳底下闪金光，还挺跳眼。吕旷若无其事地说，这倒不像撒谎，我爱好洗头。欧阳阳说，有一次，高主任把全高三头发不合格的男女生都揪到主席台上罚站，拎把剪子挨个剪，所有女生都哭了，里面就有我。吕旷说，也有我呗。欧阳阳说，对，轮到你是最后一个，你说死不让碰，高主任都快跟你动手了，最后还是没得逞。吕旷说，我记得，后来找家长了，我叫我姥爷来的。欧阳阳问，所以最后头发保住了吗？吕旷说，毫发无伤。说罢得意起来，摟了一把自己的长发。欧阳阳说，你还没回答我问题呢。吕旷再度装起严肃，说，正经女朋友就有过一个，北邮的大学生，重庆人，玩抖音认识的，好了不到一个学期，都觉得没啥意思，就分了。欧阳阳问，长得好看吗？吕旷说，没你好看。欧阳阳呸了一嘴，少来。那不正经的几个？吕旷说，逗你呢，我多正经一人啊。欧阳阳拿筷子搅着自己那半碗蛋液，低头问，那我算正经的，还是不正经的？吕旷说，算一起落发的革命友谊。欧阳阳说，你可没落成，你叛变了。吕旷撂下筷子，说，那你觉得我这趟来日本是找谁来了？欧阳阳嘴一噘，说，谁知道还有几个女的在后面排着呢。吕旷说，我明天早上六点飞机，你说呢傻子。

下午四点，吕旷被欧阳阳送到名古屋站，身背一个大双肩包。欧阳阳帮吕旷买的是JR线最快的车，票也最贵，吕旷给她钱硬是不收。进站前，欧阳阳又跑去便利店给他买了一排养乐多，两袋零食，还有一瓶矿泉水。吕旷说，整得跟小学生春游似的。欧阳阳说，上车发微信。吕旷说，知道了，妈。欧阳阳锤他肩膀一下，两人互看一眼，最终默契地浅浅抱了一下，没有亲吻。

进站上车，车厢里不到一半人。吕旷找到自己座位，靠窗。车刚启动，欧阳阳的微信就在裤兜儿里震起来，吕旷掏出手机——

阳阳：坐下了吗？

二嘴：马上安排入睡。

阳阳：到了发微信。

二嘴：妥了。

阳阳：东京的酒店还没订吗？要不要我帮你订？

二嘴：想骗我身份证号没这么容易。

阳阳：正经的。

二嘴：计划睡大街。不用管我。

阳阳：懒得管。爱跟谁睡跟谁睡。

二嘴：也不是不可以。下车微信摇一摇。

阳阳：你能不能改个微信名？

二嘴：为啥？

阳阳：土。

欧阳阳仍在输入中，收到对方一个动图，是两个卡通红唇在不停接吻，唇间飘出小心心。

二嘴："二嘴"要是这个意思。还土吗？

阳阳：你会想我吗？

吕旷又在收藏的表情库里翻了半天，终于找到那张小女孩扑进小男孩怀里的动图，截自宫崎骏动画《悬崖上的金鱼姬》，正要落手点，被欧阳阳打断。

阳阳：算了。不问了。

吕旷还是把图发了过去。过了半分钟，欧阳阳又把那个动图发了回来。

阳阳：宫崎骏的动画片，都是女人更主动。不说了，你睡会儿吧。这几天都没睡好。

吕旷手指空舞了几下，最终划掉了微信，点开网易云音乐，掏出无线耳机戴上。

车进东京火车站时，六点刚过，下了车，吕旷直接傻眼，周围的人潮让他怀疑自己是只被拔了触角的蚂蚁。他长这么大，眼睛里从来没有一次性容纳过这么多的人，从八方十面涌来，又向十面八方涌去，吕旷感觉自己被同类的呼吸围剿，就快要淹死。吕旷在站内至少被困了半个小时，问路语言又不通，最后干脆跟随一个方向的人流闭眼睛走，总算逮住一个向上去的滚梯，尽头有半光不光的天色在守候。出到户外，吕旷深吸了两口气，方向不复存在，他继续学瞎蚂蚁原地三百六十度转了个圈儿，意识到自己身处站前广场的某一角，身后是东京火车站的红砖建筑。吕旷掏出手机，随手拍了一张，随后挑了眼前最近的马路横穿，追逐向新的人流。

第二天，天还没亮，吕旷坐酒店小巴到的成田机场，飞沈阳的航班是六点半，值机窗口正开，吕旷抢了第一个。值机的年轻女孩，低头偷偷在嘴巴里憋死了一个哈欠，恰赶上吕旷站到面前，抖了下身子，马上点头说了句日语，吕旷听不懂，也能猜到是道歉。吕旷递上护照，女孩动作麻利，机票一边打印，她一边伸手朝下方的传送带指了指，说了两句，吕旷也没多余反应，顺势把背包从肩上卸下，甩上传送带，后换来一张贴着托运签的机票。吕旷目送背包平移向远处，才回味过来，自己从北京飞来的时候，背包一直随身，忽感脊背上空落落的，可不踏实。

过了安检，吕旷饿了，往登机口走那一路，开张的几家都是西餐，完全没兴致，继续走一段，已经到了，就索性找了个靠登机口最近的窗边位子坐下。巨大的玻璃窗外，晨光穿透一层低厚的云，看起来还挺美的，天气算不错。吕旷戴上耳机，闭目养神。

于半睡半醒中，吕旷回想着昨天晚上到底是怎么一晃而过的——他记得，他背着大包走了很远一段路，直到前方再无成规模的人流，自己已经来到了一条相对安静的街上。街边有一家门脸不大的小酒店，他进去查看房价，拿手机换算，单人间合人民币六百多，在东京已经算便宜了。办好入住，他没有直接上楼，而是返回刚才路过那家街角的OK便利店，买了四罐麒麟啤酒。啤酒很冰，他捧在怀里回到房间，脱下背包，坐进小沙发里就开始喝起来，就着欧阳阳买给他的两袋零食。四四方方的一块死玻璃窗外，是东京的夜景，东京塔很出挑，红白相间了一阵，又变幻成蓝绿色。他心想，自己好不容易来趟日本，跟东京竟然就是隔窗一望的缘分，也是过于随意了。自己酒量不好，四罐啤酒下肚，已经有点儿晕了，衣服也没脱，上床斜躺着。欧阳阳的微信进来，问他找到酒店没有，他才想起来还没报平安，顺手把刚刚拍的东京火车站发了过去。欧阳阳回复他，不觉得眼熟吗？他回复，什么眼熟？欧阳阳回复，东京火车站，跟沈阳站长得一模一样。他放下手机回想了一下，好像确实长得像，但又懒得百度照片，就继续想，真的是一模一样吗？沈阳居然都跟他到东京来了。想着想着，他就那么睡着了。

吕旷被人拍醒的时候，是五点半。两个身穿安检制服的日本男人，在他面前弯着腰不停说话。吕旷摘下耳机，蒙住片刻，对方意思应该是叫他起身，他才站起来。年纪大戴眼镜的男人，操着磕巴的英文对吕旷连说带比画，可是在吕旷听来更像广东话或闽南话，除了“yes”跟“no”一个字都听不懂。两个男人有些急了，吕旷更急，对方伸手想拉他走，他也不动。老眼镜手里不停比出“八”的手势，嘴里还学怪声，吕旷都想笑了。两个日本人忙活了二十分钟，眼看都开始登机了，吕旷终于不耐烦起来，逼不得已掏手机给欧阳阳打了两个微信语音，没接，这个点儿肯定睡得正死呢。正值此时，一个披米色风衣的男人，从登机口走了过来——这人刚站在登机口一直看吕旷，三十上下的模样，个子不矮，短背头一丝不苟，半长的风衣里面，棉白布衫配藏蓝色九分裤，纯白运动鞋上裸着脚踝——整个人像是刚从MUJI店里走出来的。如果不是他用流利的日语跟两个日本人沟通一番后，又对吕旷说起中文，吕旷真以为这也是个日本人呢，讲话都是一样的细声细气。这人问吕旷，你的托运行李里，是不是有把枪？吕旷一时神飞，没有啊！这人说，再想想，是玩具枪吗？吕旷定了下神，恍然大悟——我操，原来刚才老眼镜手上比画的不是“八”，是“手枪”，嘴里配的音是“bang！ bang！ bang！”。

枪是一把金色的沙漠之鹰，钢制枪身，长短、口径、手重，跟真枪丝毫无差，已超出玩具枪范畴，应归为仿真枪。——枪是欧阳阳送吕旷的礼物。吕旷从京都到名古屋的第一天晚上，欧阳阳领他压马路，路过一家军事玩具店，吕旷在门口就被迷住了。吕旷喜欢枪，不像大多数同龄人因为玩“吃鸡”才开始把武器型号挂在嘴边，他是上学那会儿看军事杂志就已经如数家珍。他独痴迷手枪，尤其某些特制款式，闪金亮银，雕花带刻，简直就是艺术品。为此他不是没动过当兵的念头。吕旷与橱窗中的那把沙鹰对视时，眼神甚至令欧阳阳嫉妒——她欧阳阳一个大活人还比不过件死物？多半就是出于嫉妒，欧阳阳没问吕旷一句就把东西给买了。

好心帮助吕旷的这个男人，姓王，叫王放，也是沈阳人，生活在东京。王放一路陪着吕旷又从安检出来，进了一间小屋。小屋里还有两个日本警察在，加上那两个安检，六个男人一起等吕旷的行李送过来。王放问吕旷，你是把玩具的盒子都拆了吗？说明书也扔了？吕旷说，嗯，占地方都扔了。他又补充说，不是玩具，除了不能开火，跟真枪没区别。王放瞅瞅他，笑了，说，这时候不用这么实在。四个日本人看着眼前两个沈阳人扯闲篇儿，默不作声，一个个表情比当事人还紧张。吕旷对王放说，今天太感谢你了，哥，不然真给我整蒙了。王放说，都是老乡，不说了。你多大？吕旷说，九九年的，刚二十。王放说，真年轻，属兔吧？吕旷说，对。王放说，我正好大你一轮。此时，欧阳阳打回来一个微信语音，吕旷嫌麻烦就给挂了，看手机时间，都快八点了。吕旷说，哥，为了我你都没上去飞机，心里过意不去。王放说，我怕你语言不通再惹麻烦，反正我也不着急，机票公司给报销。吕旷说，这个钱应该我出。王放突然眯起眼端详吕旷，你网名是不是叫——二嘴？吕旷愣住无语。王放继续说，我看过你的直播，其实我第一眼就认出你来了。

一个女安检携吕旷的大背包进门，打断了二人的对话。吕旷在注视下当场开包，脏衣裤、洗漱包、两盒巧克力、手机充电线，转换插头，逐一摊晒，那把金色沙鹰埋最底下，用一件黑色 T 恤裹着。两个警察先接过枪，仔细检查一番，再等三个安检重新把其他物品筛摸一遍，五人细语几句，老眼镜才跟王放和吕旷点点头。此后二十分钟，王放至少替吕旷填了五份表格，吕旷只管签字。王放说，枪得扣下，如果还想要，他们可以代为保管，等你下次再来东京，或者寄到日本的朋友家里也行。吕旷说，我不要了。王放说，不要还得再签一份文件。吕旷不耐烦了，日本人可真磨叽。

两人从小屋被放出来时，已经是早上八点半了。吕旷问王放，你的行李怎么办？王放说，比我先一步到沈阳，刚才我跟他们沟通了，等到了沈阳再找机场的人要。吕旷说，我欠你的，哥。王放说，还是先买机票吧，下午一点半还有一班飞沈阳的。

买好票，吕旷重新托运了背包，跟王放一起再过安检。折腾来回，眼瞅十一点了。吕旷提议请王放吃个饭，王放没有拒绝，选了一家日式拉面。吕旷又提议喝一杯，王放也点头。两个人早都饿了，吃完两碗拉面，才开始慢慢喝啤酒。——吕旷还是第一次见吃饭这么斯文的男人，吃拉面的时候，左手筷子右手勺（是个左撇子），右手掌心一直攥一张纸巾，额头吃出一层薄汗时就拿纸巾浅浅地蘸两下。等到喝起冰啤酒时，再把纸巾折成长条，绕扎啤杯的杯腰缠一圈儿，手不沾水——要是搁以前，吕旷会管这叫“娘”，但是按在面前这个男人身上，吕旷觉得这就叫“讲究”。王放问他，现在来日本自由行是不是很方便？吕旷说，其实挺方便，但我没工作，办签证费劲，不过现在上网花三千块钱就能搞定，人都不用去领事馆。王放问，你为什么没考大学？吕旷说，就是不想念了。哥，你说读那么多书，真有用吗？王放说，人虽然不一定非要在学校里读书，但读书一定是有用的。吕旷问，你高中是哪个学校？王放说，省实验。吕旷说，学霸，牛逼。后来就到日本上大学了？王放喝了一口啤酒，说，高考那年遇上些事情，考砸了，二本掉到大连外国语，二加二，大三那年才来的东京。吕旷说，我那朋友也是大二才过来。王放笑了，女朋友啊？吕旷说，不算，就是高中同学，在名古屋大学。哥，你是做什么工作的啊？王放说，大学专业是日本文学，毕业后在出版社跟广告公司都做过，现在在一家动漫公司，快五年了。吕旷突然兴奋起来，咧嘴说，太牛逼了，我最喜欢日本动漫，真的！不信咱俩加微信，我头像都是“自来也”！——激动过后，吕旷稍有点儿后悔，感觉自己在人家面前毛愣得像个小崽子，但还是忍不住说，我的签名就是那句，“游龙当归海”——想不到王放直接跟他对起暗号——“海不迎我，自来也”。吕旷突然体会到什么叫相见恨晚了。他淡定一下，才说，哥，像你这种人，怎么会看我直播呢？王放反问，我这种人，是哪种人？

吕旷刚开始玩儿快手那会儿，胡乱拍拍段子，根本没人看。后来一次跟快递公司的几个男孩去京郊烤串儿一日游，偶然发现一间废弃多年的小独栋，吕旷醉着酒，趁夜进去楼上楼下拍一圈儿，谎称是间鬼屋，没承想小火了一把，点赞五万多。之后他受评论启发，干脆把自己定位成“鬼屋探险”，每周末都在北京周边搜寻所谓的“鬼屋”拍段子，著名的“朝内 81 号”他也去过，不过被打更的给骂了出来，有时候再跑远点儿，去天津跟河北的农村。他胆子大，得益于小时候跟姥爷住在荒郊僻野，生锻炼的。粉丝慢慢多起来后，他一周开四天直播，靠打赏每月能赚个八千一万，钱虽然不比送快递多，但再也不用起早贪黑，连玩带闹地把日子给过了，更符合他对二十岁的预期。如今他在快手粉丝二十七万，抖音也攒了四万，行情却大幅下滑，钱几乎赚不到多少。他渐渐发现，自己玩儿那一套，在短视频领域里越来越没人看——这也是为什么王放建议他尽快转型：改作“up 主”，制作高质量长视频，可以继续专攻鬼屋跟探险，再拓展到神秘事件和都市传说，找专人剪辑配乐，往内容的上游走。王放觉得吕旷口才不一般，适合走这条路。王放说，当初我看你直播的时候，就这么想。吕旷提问，光做视频不直播，还怎么挣钱？王放说，目光要放长远，挣钱是后面的事，未来一定是内容为王，你永远打不败有内容的人，谁活到最后，金钱就忠于谁。——吕旷若有所思，虽然一时也不觉得王放说得都对，但他确信，这是个高明的人。吕旷还发现，王放说话基本听不出东北口音了，普通话很标准。他问王放，你为什么懂这些？王放说，B 站你知道吧。吕旷说，当然。王放说，他们挖我去上海的总部，我这次回沈阳办点儿事情，就去上海办入职。

两个人一共喝掉了七杯啤酒，大部分时间是吕旷在说，王放听。但王放听得极认真，甚至是专注，拿东北话讲，是走心了。因为母亲是盲人，姥爷是单眼瞎，眼睛对吕旷一家人来说，异常珍贵，也导致吕旷从小就对别人的眼神无比敏感——自己说了这么久，王放的眼神从没有一刻飘忽到他的脑后勺儿去，或者偷偷放空。吕旷注意到，王放有一双大而亮的眼睛，睫毛很长，衬在一张本就清秀的脸上，更显明净。吕旷讲到了自己的童年，还有他的姥爷，他的父母，彻底刹不住闸。王放不时也穿插几句他自己，自幼单亲家庭，没见过生父，自己跟母亲姓，在东京十二年，如今已拿到日本永居，娶了一个日本老婆，小女儿去年刚出生。提起他的母亲，王放的话明显多了几句，他说自己的母亲是个善良又温柔的人，当年在学校食堂里卖饭票，每天收一袋子作废饭票，必须拿去锅炉房烧掉，可母亲总是偷偷白送给那个烧锅炉的男人，有好多年，那个男人吃饭都没花过一分钱。吕旷说，阿姨真是好人。她现在还住沈阳呢？王放嗯了一声，说，不过是住在疗养院。吕旷不懂事儿，问，阿姨得啥病了？王放说，阿尔兹海默病。吕旷还问，那是啥病？王放说，失忆症，忘事，最后什么事都不记得了。吕旷也跟不上话了，有点敷衍地说，那也挺好。他突然又觉得自己说错了话，将功补过似的追问，哥，你家在沈阳住哪儿啊？王放说，中医药学院，你知道吗？吕旷说，知道，那片不是动迁了吗？王放说，快了吧，我这次回去，就是把房子卖了。吕旷说，那动迁款不要了？这时候卖你多亏啊。王放说，随便吧，刚好有人买，就卖了吧。反正也很难再回去了。吕旷问，那阿姨呢？你带阿姨一起走吗？王放没再回答，只是喝酒。

直到机场广播第二次呼唤吕旷和王放的名字，两个人才发现时间早被忘在了脑后，幸好都没行李，一路小跑到登机口，总算赶上。航班基本满员，都是来赶日本樱花季的东北游客，听口音一大半是沈阳人。吕旷的座位靠前，王放靠后，挨着窗。临起飞前，欧阳阳的微信又进来，问吕旷到沈阳了没有，吕旷懒得解释这个怪梦一般的上午，随手回她，到了。欧阳阳迅速回来一条，记得到家给我拍那两只黄鹂，我不相信它们能活二十年。吕旷烦得关了手机，心说这女孩智商也不算高，看照片你就能分辨出鸟的年纪吗？还当真了。他告诉自己，千万别中了樱花的计，再美的景色也掩盖不了欧阳阳不过也是俗人的事实——如果不是因为他在网上有了点小名气，欧阳阳怎么会在高中的微信群里主动加自己？没劲。都挺没劲。

飞机升空时，吕旷才觉出有点儿醉，闭上眼，努力想要睡一会儿，却怎么都睡不着，他总觉跟王放有话还没说完，嘴跟心都痒痒。等到飞机平稳后，吕旷起身来到后排，跟王放身边的沈阳大哥商量换座，大哥不太乐意，但还是换了。吕旷坐下，问王放，哥，接着喝啊？王放微笑，点点头。吕旷跟空姐要了两罐啤酒，王放要了一个塑料杯。王放小口抿着喝杯中酒，吕旷观察，他应该是醉了，酒量比自己还差。吕旷没话找话，我刚才跟你提过我学过武术的事儿吗？王放说，嗯，学一年。吕旷说，一年以后，我感觉自己是李小龙了，我从武校出来，换了一所小学，大西三校，但我要回二经三校去报仇，原来班里最高的那个男生叫余斌，以前总欺负我，那天放学，我就去二经三门口堵他，非揍他一顿，可是等到余斌出来，我发现他比以前更高了，没等我出招儿呢，又被他胖揍了一顿，后来我就思考，原来人就算有天大的能耐，在绝对力量面前也全是白费，所以我猜，李小龙要是活到今天，肯定打不过泰森，估计连巨石强森都打不过。王放这回好像没有在听。吕旷有些失落，又找话说，我爸给我讲，他以前当驱鸟员的时候，机场里会立假人，架喇叭放噪音，吓走那些鸟，可是就有那些老鸟，敢飞到假人头上拉屎，站喇叭顶，拿噪音当歌听，根本吓不走，那就只能拿枪打下来。王放这回接话说，人经历的痛苦多了，自然会对痛苦免疫，鸟也一样吧。吕旷听出王放说话故意换了一个腔调。他又起话头，问，哥，你说是所有的女人都爱慕虚荣吗？王放终于侧脸看了他一眼，说，小吕，你还年轻，看待生活有些偏颇，等你到我这个年纪，自然就会公正一些。吕旷一时无语。王放又说，我困了，想睡一会儿。

从北京飞大阪时，飞机一路颠簸，吕旷才发觉自己好像恐飞，幸好飞回沈阳这一程相当平顺。他见王放真的睡了，自己又跟空姐要了两罐啤酒，总算在把自己灌醉后，也睡着了。等他再醒来时，飞机已经开始下降，看手机，睡了快两个小时。王放的头靠在窗户上，睫毛频闪，吕旷看不出他是醒还是没醒。吕旷就当是自言自语，又开始说，哥，刚才我认真想了一下你说的话，挺对的，挣钱不着急，目光要长远，再说我马上也不愁钱了——他又看看王放，仍没反应——我这次回家，其实是因为我大姨姥，就是我爸的大姨，就这月初，她死了。我从来都没见过她。大姨姥很早跟她老公去了海南，后来俩人离婚，也没孩子，她死以后，有律师打电话给我爸，说遗嘱写的是我爸名字。大姨姥留下三套房子，两套三亚，一套海口。我问过人，说加起来至少一千多万。都是我爸的了。

此时，机舱广播提醒下降。王放终于睁开眼睛，收起了小桌板，调直座椅靠背，随后打了个含蓄的哈欠。吕旷也不知道刚才他有没有听见自己说什么。飞机下降得很快，王放的脸一直望向窗外，他开口说，你有钱了，接下来是怎么打算的？吕旷说，实话，有点儿飘。我从小到大都是班里条件最差的那个，二十岁，突然变成富二代了，哈哈。吕旷是想开个玩笑，但王放并没有笑，仍旧望着窗外问他，所以你会跟你父亲，还有你姥爷，搬去海南吗？吕旷叹口气，说，问题就出在这，我在电话里问他俩，俩人口径一致，都说绝对不走，永远都不走，这次回家，我就是要跟他们谈谈，实在不愿意走也行，至少先把海南的房子卖一套，改善一下生活，我姥爷都快七十了，吃了一辈子苦，该享两天福了。话音未落，王放伸出手朝小窗上戳了戳，唤吕旷说，你看，那像不像一个“吕”字？吕旷迷惑，凑近脑袋，顺王放手指停留的地方向斜下俯瞰——飞机距离地面越来越近，一条道路由细渐粗，在道的两侧，是两个用绿树勾边儿的“口”字，一大一小。吕旷顿时醒悟，那些树是杨树，枝叶繁茂，油绿似漆。吕旷并没有太惊讶，而是下意识地用目光搜寻那间他再熟悉不过的砖头房。王放说，我想你也走不了。吕旷闻见王放的酒味很重，又听他说，有人把你种在这片土地上了。

后 记

2018年底，《仙症》在“匿名作家计划”比赛中获了首奖，我的小说跟人突然受到很多关注，这当然是好事，一个作家能收获更多读者永远是好事，但同时也陡增惶恐——很多借《仙症》一篇才初识我的朋友，满怀期待地购回我几年前的旧作（多指比上一本长篇《生吞》更早以前的两本集子），阅后大失所望，惊呼“写出《仙症》的作者竟然还写过这种东西”——说实话，这也在我意料之中，幸好这两年学着脸皮厚了不少，搁前几年得找堵墙撞半死。

我出版个人第一本长篇小说是2007年，当时刚满二十岁，出道也算挺早，但那时候的确嫩得很，本也没有天纵之才，加上当年对文学所有的认知仅建立于自己有限的阅读与无限的假想之上，狂到没边儿，站不稳脚理所应当。同年，我在香港读了大一，暑期去TVB电视台做实习编辑，不过为赚点零用钱，却整天抱怨自己被大材小用，又在粤语听说无能的环境中，表达受缚，自我挣扎。后来因与节目制片人爆发矛盾，一气之下辞了职，既得罪了电视台，又白瞎从学校好不容易争取来的实习名额。犹记得当日被男制片指着鼻子骂："你呢种人将来喺社会上一定扑街！"我脾气也暴，逼身边会讲粤语的女同学帮我翻译："老子回去当作家了，老子不上街就不会扑街！"后想想，当时自己真是狂得可以，竟认为作家不算一种社会职业。再一个，那女同学在翻译中一定是擅自把"老子"俩字给和谐了，不然对方也不会那么轻易地摆摆手放我走，也有可能他是在听到了"当作家"三个字后，彻底当我疯了。

一年半后，经历了父亲离世，家境骤落，我休学一年回沈阳，每天除了读书、练字、跑步、买菜、做饭，陪母亲看电视剧，其余时间都用来写作。此后三年里，铆足劲又写出两本长篇，都成滞销书，深受打击，才幡然醒悟，原来作家作为一种职业，一样也要谋生。待我重返校园后，家中已无力支付我的学费，"写作能否养活自己"变成我的日常自问，昼夜深处一种惊慌之中。再后来的事，其实我在"一席"栏目的一次演讲中详述过——借了高利贷，磕磕绊绊地拿到大学毕业证，随后在香港的一家出版社里谋得了一份编辑的工作，干了不到两年，偶然贱卖出一本旧书的版权，将够填债务的坑，脱身后跑去台北读了一年半的戏剧系研究所，幸好学费跟生活费都相对亲民，手中仅存的一点可怜版税勉强够撑，直到 2016 年，才因一个电影剧本的工作，退学来北京定居。正是来北京前的那三四年里，我写过很多"那种东西"，都是短的，轻浮的，谄媚的，懒动脑也不走心的，被我丢在自己一度鄙夷的网络上，手机 App 里，无非想告诉别人我仍在写，攒够篇数再结集成册，说穿了还是谋生。2014 年前后，港产网文刮起一阵风，情色小说随三级片一起回暖，最“夯”的出版后甚至占据畅销榜首半年之久，作者跟出版社赚得盆满钵满，于是有编辑同事怂恿我也写一个，工资版税两头拿，何乐而不为。时陷困顿的我，全无半点抗拒，甚至是兴冲冲地打开内地某知名文艺网站，笔名注册，借坐班偷懒的工夫坚持连载，数月过去，竟也成了“夯”款，底下评论盖起高楼，更乐此不疲，本计划完成后一键简转繁，到香港出版卖钱，可惜最终因尺度过大被网站后台枪毙，才惊觉自己一直是在发布框里敲，连个底稿都没留存，小十万字从此无踪可寻，枉余酸楚，如今只能当段子在酒桌上逗人一乐——那几年里，“文学”被我亲手杀死，兵不血刃，头也没回过，眼皮底下只剩“文字”。丧失了敬畏，自然就无愧疚可言。我甚至公开调侃所谓的“严肃文学”，不过是故步自封的小圈子笑话。今再忆起，那种心态就跟一个苦情少女在初恋惨败以后，放话“男人没一个好东西”差不多逻辑，天真又可笑。

闲叙此多，今都当笑话，非故作洒脱，更像是跟曾经那数年里的惶恐做了断。原来惶恐根源所在，是曾那般自我作践，兜兜转转今天还能回得来，多有侥幸。后怕。可那也确是我一路走来的踪迹，不掩盖踪迹是我对自己最大的诚意。若有人非说写作有多纯粹，我不会反对，但我坚信写作并没比谋生纯粹到哪里去，否则所有作家都该改写日记，或干脆把笔撅了。我本身是不太乐意在作品以外探讨文学的。写小说的坚持写，读小说的坚持读，这就够了。灯前纸背，台上台下，不用非逼自己挂相，照着一个作家或读者的模子去活，到头来其实没两样，殊途同归。作品以外，我更热衷探讨点儿别的，毕竟人生已经严肃到令大部分欢愉都显得太过短暂。十年前那句自问——“写作能否养活自己”，坦白讲，今天我的答案是“基本没问题”。至于自己如今写的小说到底有多“严肃”，会被别人怎样看待与评判，已不再置于心上。文学严肃与否，论心不论技，作品是好是坏，论技不论心。我自恃有自知之明，懂得到任何时候都不该得便宜卖乖，觍脸说“《仙症》才是我真实水平”这种话，不能够，也不可以——曾经写过的每个字都是我。稚嫩不堪的处女作，装老成而失真趣的滞销书，闭眼捏鼻子写下的千字万字，通通是我。“不再愧对文学”这种话，更不好意思说出口，但我确定不想再愧对自己，跟自己越来越看重的读者。总而言之，这本小说集，是在《仙症》打了个头后，近两年里踏实写的，最后的中篇《森中有林》，完成于疫情自我隔离期间，每天起床先照把镜子，跟自己说这次就一个要求，要脸。

因此这一本，权当新的开始。给自己，也给我的新老读者们一个交代。

《仙症》单篇放出后，我曾在微博收到过两条留言，分别有两个词跃入眼中，一个是“浪子回头”，一个是“夺舍”。

对于前者，男人活到一定年纪，能被用这四个字形容，不失为一件幸事，甚至还带那么点儿潇洒。至于后者，才疏学浅了，百度词意，原是道家用语，意为“借别人身体还魂”，反应几秒后我才笑出来，想必这位朋友是被我过去写的“那种东西”伤害太深。不管怎么说，两个我都当褒义收下，毕竟脸皮又厚了。在此，只想特别感谢一下这两位朋友。我不知道你们离我有多远，但我猜我们很近。还魂归还魂，我还是回到自己的身体为妙——回到为一本插画版《聊斋志异》废寝忘食的身体，回到被爱伦·坡吓到脊背通凉的身体，回到被余华和川端康成抽空灵魂的身体。那副身体，可以是九岁，或是十七岁，也可以是三十三岁，或一条道走到黑。我不算特别迷信的人，但我相信凡此世间的每一个人，总要被一股力量所指引，无论这股力量来自内或是外。人渺小又无谓的一生中，神不可能时刻在场，我选择用写作弥补它的缺席。拿起笔，我是我自己的神，我给我自己指一条生路，放下笔，我仍是尘埃，是野草，是炮灰，是所有的微不足道的子集，于现实中坦然地随波逐流，从不迟疑。从今往后，我只想努力不再被万事万物卡住——除了那些个值得推敲再推敲的用词与标点，它们一定存在完美答案，相比人的命运，永远精准而明晰，只要它们各安其所，我便不再会那般惊慌。我必须写下去，也只能写下去，不存在别的救赎。

2020年8月18日 北京

图书在版编目（CIP）数据

仙症 / 郑执著 . -- 2 版 . -- 北京 : 北京日报出版社，2025. 7. -- ISBN 978-7-5477-5031-5

Ⅰ . I247.5

中国国家版本馆 CIP 数据核字第 2024M3358U 号

责任编辑：姜程程

特约编辑：李恒嘉　闫柳君

特约策划：一　言

封面设计：陆智昌

内文制作：陈基胜

出版发行：北京日报出版社

地　　址：北京市东城区东单三条 8-16 号东方广场东配楼四层

邮　　编：100005

电　　话：发行部：（010）65255876

　　　　　总编室：（010）65252135

印　　刷：山东京沪印刷科技有限公司

经　　销：各地新华书店

版　　次：2025 年 7 月第 2 版

　　　　　2025 年 7 月第 1 次印刷

开　　本：850 毫米 ×1168 毫米　1/32

印　　张：8

字　　数：161 千字

定　　价：69.00 元

如发现印装质量问题，影响阅读，请与印刷厂联系调换：0533-8510898